일곱 번째 첫사랑

일곱 번째
첫사랑

장이랑 장편소설

폭스코너

차례

1
행운의 숫자를 만나다

소이가 찰랑거리는 긴 머리 한쪽을 애써 귀 뒤로 넘겨 고정하며 다급한 목소리로 외쳤다.

"그만!"

그 소리에 옆자리의 자영은 휴대폰 속 'STOP' 버튼을 잽싸게 눌렀다. 그러자 빨간색 십의 자릿수와 파란색 홑자리 수 물고기가 첨벙첨벙 소리를 내며 물을 차고 튀어 오르다 스르르 멈추었다.

화면에 등장한 십의 자릿수는 0, 홑자리 수는 7이었다.

"뭐야. 또 0, 7이잖아. 말도 안 돼."

자영이 살짝 성질을 부리며 휴대폰을 거칠게 소이의 눈앞으로 들이밀었다. 자신에게 꼭 맞는 '올해 행운의 숫자'를 알아보는 무료 어플리케이션이었다.

7월 1일 월요일, 올해도 벌써 절반 이상이 흘러가 버린 시점이었지만, 이런 어플이 있다는 걸 안 이상 그냥 넘길 수는 없었다. 고1에게 소소하고 유의미한 재밋거리란 목숨과도 같은 거니까.

우선 별자리를 선택한 다음 'START' 버튼을 누른다. 몇 초 후 'STOP' 버튼을 누르면 자신의 별자리 캐릭터가 10초 정도 격정 가득한 춤사위를 펼친 뒤 숨 고르기를 하듯 서서히 정지하며 짜잔, 두 개의 숫자를 골라 주는 것이다.

믿기지 않는 일이었지만, 소이는 세 번 연속 0과 7이 떴다. 자영은 세 번 다 다른 숫자, 그것도 두 자릿수가 나왔는데 말이다.

"한 번 더?"

자영이 유난히 도톰한 입술을 씰룩거리며 꼬드겼지만, 소이는 이내 기다란 집게손가락을 까딱까딱 흔들었다.

"와, 한두 번도 아니고 세 번이나……. 그것도 럭키세븐이 연속적으로! 자영, 우연이 세 번이나 겹친다는 거, 이거, 거의 운명 수준이라고 봐야 하지 않냐? 데스티니 말이야."

"마이소이, 이건 트릭이라고, 눈속임. 하여튼 넌 너무 순진해서 탈이야."

자영이 마소이를 마이소이(My Soi)라고 부르는 건 대충 세 가지 이유일 때이다. 시시하지만 촌각을 다투는 귀찮은 부탁거리가 있을 때, 퍽 감동했을 때, 그리고 싫은 소리나 제 깐에는 제법 심각한 조언을 건넬 때.

셋 다 톤이 달랐다. 첫 번째 마이소이는 혀 짧은 소리에 가까웠다. 두 번째는 앞부분 '마이'에 강세가 있고 전체적으로 유쾌하게 들렸다. 마지막 마이소이는 '이'가 치닫듯 빨리 끝났다. 이번 것은 세 번째 경우였다.

'자영아, 부러우면 지는 거다. 킬킬킬.'

트릭이라도 경우의 수가 무려 백 가지이다. 말할 것도 없이, 당연히, 마땅히 엄청 부러웠겠지. 물론 시작 버튼을 누르기 전, 팝업으로도 주의사항이 뜨긴 했다. 한마디로 '그냥 즐겨'라는 말을 위트 있게 풀어놓은 것에 불과했지만.

올해 행운의 숫자이니 1년에 1회, 1회엔 두세 번만 도전하기를 권합니다. 뭐든 연속적으로 해 봐야 믿음이 가니까요.

이때, 같은 숫자가 두 번 이상 나왔다면 완전 설렘, 두세 번 다 다른 숫자가 나왔대도 선택의 묘미가 있으니 잼잼. 뭐가 됐든 전적으로 심심풀이이니 집착은 금물인 거, 아시죠?

여러분의 행운 가득한 한 해를 응원합니다. 주인장 백.

♣ ♥ ♠

"마소이! 마소이가 누구인가?"

통합사회 선생님이 드라마 속 궁예의 말투로 마소이를 찾았다. 삼십 대 중반인데도 말투는 언제나 오십 대 교감선생님 느낌을 물씬 풍겼다.

"아휴, 저놈의 관심법 말투. 지겨워, 정말. 대체 언제 적 궁예냐고."

자영이 책 속에 숨겨 둔 동그란 거울을 들여다보며 나지막한 목소리로 혼잣말을 했다.

"저 샘, 궁예 나오는 드라마 몰아보기 했나 봐."

여기저기서 킬킬대는 소리가 들렸다.

"저, 전데요."

5초쯤 흐른 뒤 소이가 엉거주춤 손을 들었다. 소이의 귓불은 노을에 살짝 담갔다 꺼낸 것처럼 옅은 붉은색이 되어 있었다.

선생님은 안경을 반쯤 내려 코에 걸치고는 그 사이로 소이를 뚫어져라 쳐다보았다.

"자네를 왜 불렀다고 생각하는가?"

"네? 모, 모르겠는데요."

선생님의 두 줄기 눈길은 마치 지구 정복을 꿈꾸는 외계인의 레이저 광선 검처럼 소이의 크고 동그란 눈동자를 집중 공략했다. 누군가의 시선을 오롯이 받는다는 건 소이로선 매우 견디기 힘든 일이었다. 옆자리의 자영과는 완전히 반대였다. 아이들의 눈길까지 일제히 자신에게로 쏠리자 가시에 찔린 듯 온몸이 다 따끔거렸다.

"당연히 모르겠지. 내가 아무 말도 안 했으니까."

그 말에 아이들이 까르르 웃었다. 진짜로 웃지 않은 건 소이와 자영뿐인 듯했다. 소이는 부끄러움에 입술을 잔뜩 말아 넣은 채 부동자세가 됐고, 자영은 입꼬리를 살짝 비틀어 비웃듯 하며 고개를 좌우로 흔들어 댔다.

"헛, 유치해, 정말."

자신의 유머에 툭 터지는 웃음으로 화답한 아이들의 반응에 흡족해하며 선생님이 다시 안경을 고쳐 썼다.

"마소이 학생, 7번 문제를 큰 소리로 읽어 주시게. 어제 본 쪽지 시험에서 7번 문제를 맞힌 자가 손에 꼽을 정도더군. 그런데 마소이 학생은 요행히 알아맞혔달까. 물론 백 프로 찍기 신공을 발휘했겠지만."

7번 문제라는 소리에 소이도 자영도 눈이 휘둥그레졌다. 행운의 숫자 어플에서 삼세판 모두 7이 떠 신기해한 게 바로 몇 분 전인데 또 7이라니. 게다가 7번 문제는 결코 찍지 않았다. 시험 치기 직전, 혹시나 하는 심정으로 살펴본 부분인데 그것이 떡하니 문제로 출제된 것이었다.

"와!"

소이는 자기도 모르게 짧은 탄성을 내질렀다. 소름이 돋았기 때문이다. 정말이지 계획에 없던 반사 행동이었다.

'7번 문제라니. 럭키세븐이 이 마소이 님의 올해 행운의 숫자가 맞긴 한 건가.'

입을 벌린 채 얼음이 되어 있는데 선생님이 와장창 산통을 깼다. 쯔쯔르쯧쯧, 방정맞기 그지없는 속도로 혀까지 차며.

"마소이 학생, 스스로한테 감탄한 건가. 열다섯 문제 중 겨우 다섯 개 맞힌 걸 보면 실력은 아니라고 사료된다만."

교실은 또 한 번 웃음바다가 됐다. 이번에는 자영도 목이 터져라 웃었다. 광대까지 볼쏙 치솟은 걸 보니 뒤셴 웃음이 분명했다. 입꼬리만 올라가는 가짜 웃음이 아니라 입 둘레는 물론, 눈 주위 근육까지 다 사용해 진심으로 깔깔 소리를 터뜨려 대는, 그야말로 진짜 웃음 말이다. 통사 샘은 그걸 뒤셴 웃음이라고 가르쳐 주었다. 이 사실을 밝혀낸 신경심리학자 기욤 뒤셴을 기리기 위해 붙인 이름이라면서.

'아주 숨 넘어가겠네. 얄미운 계집애.'

소이는 자영 쪽으로 눈을 세게 한 번 흘겨 떴다.

"뭐 하시는가. 얼른 낭독해 보라니까."

화들짝 놀란 소이가 버벅거리며 문제를 읽어 내려갔다.

"지, 지, 지진과 화산 활동이 활발한 아이슬란드는 난방의 대부분을 (가)에너지로 충당해요. 에, 에스파냐에서는 고온 건조한 기우, 아니 기후 조건을 활용하여 (나)에너지로 전기를 생산해요."

"마구니가 낀 겐가. 답들이 아주 가관이더구나. 지진, 화산, 기후 조건 같은 단서가 버젓이 앞에 있는데도 원자력이니 바이오니 신재생이니 되지도 않는 말들을 잔뜩 끄적여 놓았어."

웃음이 뚝 하고 멈춘 걸 보니, 자영은 마구니가 낀 주범 중 하나가 분명했다.

"바이오가 뭔지, 뜻이나 알고 적은 게냐? 류선민 학생 대답해 보시게나."

얼굴에 여드름이 자글자글한 선민이 벌떡 일어섰다.

"네?"

"바이오!"

선생님이 다시 묻기도 귀찮다는 듯 "바이오!"라고만 하자 선민은 이마에 난 여드름을 만지작거리며 이렇게 되물었다.

"어딜요?"

여드름을 쥐어뜯는 데만 정신이 팔린 선민이 '바이오'를 '바요(봐요)'로 잘못 알아들은 게 분명했다. 너무 기가 막혔는지 선생님도 본래의 말투로 돌아와 "세상에, 이를 어째" 하며 폭소했다.

몇 초 뒤, 사태 파악을 한 반 아이들도 거의 숨이 꼴딱 넘어갈 때까지 웃어 댔다.

♣ ♥ ♠

개그 코너 같았던 사탐 수업이 끝나자 소이와 자영은 빛의 속도로 매점으로 달려갔다. 행운의 숫자를 까맣게 잊어버릴 만큼 둘에게 있어 매점은 미슐랭 스리스타 레스토랑 그 이상이었다.

인기 메뉴는 편의점에서도 절찬리 판매 중인 1,700원짜리 암염 발효버터브레드였다. 미세한 짠맛과 발효버터의 고소함이 적당히 어우러진 데다 가성비 갑이라 서두르지 않으면 순식간에 솔드 아웃되기 십상이었다.

그렇게 빨리 뛰었는데도 벌써 줄을 서 있었다. 얼른 정신을 차린 소이가 턱 끝으로 세어 보니 네 명이었다. 자영을 먼저 세운 뒤 주변을 둘러보자 헉헉거리며 반장이 뛰어오는 게 보였다. 그 순간 소이는 급하게 반장의 어깨를 끌어당겨 자신의 앞에 끼워 주었다. 퍼뜩 떠오른 행운의 숫자를 시험해 보기 위한 못 말리는 호기심이랄까.

전후 사정을 알 리 없는 반장은 좋으면서도 당황스럽다는 듯 더벅머리를 얹은 고개를 연신 갸우뚱했다.

"뭐냐, 마소이. 이 훈훈하기 짝이 없는 배려는!"

짐작 가능하다는 듯 자영이 콧방귀를 뀌었다.

"다 꿍꿍이가 있지."

그러거나 말거나 소이는 살짝 흥분된 상태였다. 반장에게 기꺼이 순서를 양보했음에도 불구하고 암염발효버터브레드가 자기 차례까지 온다면 7은 반박 불가, 마소이의 행운의 숫자가 분명할 터였다. 인기 만점의 암염발효버터브레드는 여기 영내고등학교 매점에 하루에 열 개 이하로 입고되는 귀하디귀한 아이템이었다.

그럼 그렇지. 행운의 숫자는 무슨. 암염발효버터브레드를 차지한 건 반장이 마지막이었다. 반장은 금메달이라도 딴 듯 빵 봉지를 쥔 채 하늘을 향해 두 팔을 벌리는 세리머니까지 했다. 황망해하는 소이를 향해 고맙다는 손가락 인사를 하는 것도 잊지 않았다. 자영은 깨소금 맛이라는 듯 "메롱!"을 날리며 반장과 함께 총총히 사라졌다.

쿠키 영상 같은 매점 사장님의 추가 멘트가 아니었다면 소이는 행운의 숫자 어플을 당장 삭제해 버렸을 것이다.

"학생, 이거 먹을래? 내가 먹으려고 챙겨 둔 건데, 나야 뭐 내일 먹으면 되니까. 이게 뭐라고 이렇게 난리 블루스인지 궁금했거든."

"진짜요? 진짜 제가 먹어도 돼요?"

"얼른 갖고 가. 종 치겠어."

"감사합니다! 이 은혜 잊지 않을게요."

"무슨 은혜씩이나. 말도 참 예쁘게 하네."

"탱큐, 메르시, 당케, 그라치에!"

소이는 격정에 찬 어조로 다국어 감사 인사를 날렸다.

'어, 탱큐, 메르시, 당케, 그라치에는 지오 오빠가 자주 하던 말인데……'

순간, 날카로운 무언가로 심장을 긁힌 듯 통증이 일었다. 소이는 한숨을 한 번 푹 내쉬고는 이내 교실로 전력 질주를 했다. 지오 오빠는 이제 그만 잊자. 그나저나 자영이 알면 어떤 표정을 지을까.

바람처럼 복도를 달리는데 맞은편에서 다가오던 할친손(할머니 친구 손자) 반호준이 굵게 팬 목소리로 소이를 놀렸다. 교내에서 소이를 향해 저토록 걸쭉한 추임새를 넣을 사람이라곤 반호준밖에는 없었다.

"핫 둘 셋 넷, 핫 둘 셋 넷!"

"……."

"마아소오이이, 힘내!"

"……."

소이는 뒤도 돌아보지 않은 채 무성의한 손인사만 건넸다. 기실은 종주먹을 들이대려다 꾹 참은 것이지만. 오늘은 럭키 데이니까 너한테도 기꺼이 아량을 베풀어 주마.

호준은 뜻밖의 제스처에 조금 놀랐다. 고등학교 입학식 때부터 지금까지 자기만 보면 눈이 가느다래지고 고장 난 이어폰처럼 칙칙거리던 마소이가 다정한 손인사를? 어디 몸이 아프기라도 한 건가, 아니면 고대하고 고대하던 옛정이 되살아난 건가.

호준은 전 같지 않은 소이로 인해 영 개운치 않은 뒷맛을 느끼며 교실로 뛰어 들어갔다.

놀란 건 자영도 마찬가지였다. 보란 듯이 한정판 빵 봉지를 들고 온 소이를 보고는 들고 있던 손거울을 떨어뜨렸다.

"뭐야, 뻥이라도 뜯은 거냐?"

"그렇게 험한 말을! 이게 다 행운의 숫자 덕분이시다."

"그건 또 뭔 소리래?"

"네가 5번, 반장이 6번이었잖아. 그런데 6번에서 빵 줄이 끊겼고."

"그랬지."

"그런데 매점 사장님이 자기 먹으려고 남겨 둔 빵을 챙겨 주시더라. 마치 7이 행운의 숫자가 맞는다는 걸 증명하려는 듯이!"

"로또 당첨도 아닌데 빵 한 봉지에 호들갑은."

"쳇, 이게 보통 빵이냐. 네 말대로 개 희귀템이잖아. 또 사탐 7번 문제도 극적으로 맞혔고. 호들갑 떨 만하지, 안 그래?"

"그래, 옜다, 엄지척!"

그제야 자영이 못 이기는 척 엄지손가락을 들어 보였다. 가끔 얄밉긴 해도 인정 하나만큼은 매우 빠른 녀석이었다. 그건 거부할 수 없는 자영의 매력이었다. 덕분에 둘은 끊임없이 툭탁거리면서도 늘 붙어 다녔다.

행운의 숫자 덕분에 뭐든 술술 잘 풀릴 것 같은 7월 1일 하루의 절반은 그렇게 흘러갔다.

2
대체 첫사랑이 뭐길래

수학 학원을 마치고 집으로 돌아온 소이는 아파트 현관문이 15도 정도로 빼꼼히 열린 것을 보았다. 작년에 결혼한 소이의 언니 소윤이었다. 형부의 신발이 보이지 않는 걸 보면 답은 둘 중 하나였다. 형부가 늦게 들어오거나, 부부싸움을 심하게 했거나.

소이와 소윤은 나이 차이가 열 살이나 났다. 소윤은 소이가 조금만 섭섭하게 굴어도 "저거, 저거 똥 기저귀까지 갈아 가며 키워 냤더니 언니 알기를 똥으로 아네" 하며 목소리를 높였다.

할머니 말대로 꽃 노래도 하루 이틀이지. 특히나 똥 기저귀 타령은 아주 귀에 딱지가 앉을 지경이었다. 그런데도 소윤은 지치지도 않고 소이에게 시비를 걸었다.

"마소이, 언니 안 보여? 아무리 사춘기지만 아는 척 정도는 해 줄 수 있잖아."

틀린 말은 아니었지만 억울하기도 했다. 일주일에 두세 번은 꼬박꼬박 친정집으로 출근을 하는 소윤이었다. 그런데도 매번 격렬한 환호를 바라는 건 누가 봐도 무리수가 아닌가.

"안녕!"

소이는 영혼 없는 심드렁한 목소리로 인사를 건넸다. 현관에서 소파가 있는 거실을 지나 방까지의 거리는 불과 5미터 남짓. 그러나 저 길을 통과하는 데 드는 에너지는 500칼로리가 넘을 것이다. 저녁에 컵라면과 삼각김밥으로 축적한 칼로리가 고스란히 소모될 터였다.

"안녕? 인사가 고작 그거냐?"

'또 시작이군.'

소윤의 삐딱한 말투에 심정이 상해 버린 소이가 듣는 체 마는 체 종종걸음으로 소파를 지나칠 무렵, 소윤이 앓는 소리를 했다.

"엄마, 소이가 나 무시해. 무시당하는 거 태교에 좋아, 안 좋아?"

그대로 직진하려던 소이의 귀가 번쩍 뜨였다. 맞다, 곧 조카가 태어난다. 소이는 달뜬 목소리로 말했다.

"우리 사랑이도 안녕!"

그제야 소윤의 얼굴에 만족스러운 웃음이 번졌다.

"우리 사랑이가 인물은 인물인가 보다. 천하무적 고1 사춘기 이모를 다 돌려세우고."

"참, 사랑이 보려면 얼마나 남았어? 언니 배 속 탈출 언제 하냐고."

"배 속 탈출이 뭐냐, 탄생이지. 다음 달 8월 10일이야. 음력으로

7월 7일."

"음력 7월 7일이라고?"

"그래, 오늘 병원 가서 제왕절개 출산일 받아 왔어. 태명이 사랑이인데 생일까지 칠석이라니, 너무나 절묘하지 않니?"

소이는 순간 팔뚝에 깨알 같은 소름이 쫙 돋았다. 대단히 경이롭거나 경악스러운 소식을 듣거나, 본의 아니게 영화나 드라마 속 폭력적인 장면을 보노라면 소이는 알레르기 반응처럼 신체 부위에 소름이 돋아나곤 했다.

솔직히 학교를 나와 학원으로 직행한 후로는 행운의 숫자를 재소환할 만한 겨를이 없었다. 머릿속엔 온통 이 지겨운 수학 수업을 얼른 마치고 집에 돌아가 그대로 뻗어 버렸으면, 하는 생각뿐이었다.

"칠석이라고 아나 몰라. 전설 속 견우랑 직녀가 1년에 한 번 까치와 까마귀가 수놓은 오작교에서 만나는 완전 달달하고 영험한 날."

역시 소윤은 뭐든 갖다 붙이는 데는 천부적인 소질이 있었다.

"한 달 조금 넘게 남았네. 완전 기대 만렙. 계속 몸 관리 잘해. 밥 잘 먹고 감기 안 걸리게 조심하고."

행운의 숫자 7 생각에 머릿속이 멍해진 소이가 외운 것을 그대로 읊어 내듯 재잘거리며 잽싸게 거실을 통과했다. 소윤은 불룩한 자신의 배에 손을 얹은 채 지나가는 소이의 뒤통수를 오래도록 쳐다보았다.

소이는 방으로 들어와 최대한 소리가 나지 않게 방문을 잠갔다. 하지만 곧이어 날카롭게 딸려 들어오는 경고에 화들짝 놀라 얼른 잠금 버튼을 풀었다.

"야, 방문 잠그지 마. 사랑이가 소외감 느낀대."

'아 씨, 사랑이 핑계는. 내가 문 잠그고 무슨 나쁜 짓이라도 할까 봐? 그냥 언니 네가 들어오는 게 싫어서 잠근 건데.'

소이의 언니에 대한 감정은 그야말로 양가적이었다. 언니라서 좋지만, 언니라서 싫었다. 선물도 잘 사 주고 용돈도 잘 찔러 주어 고마웠으나 그만큼 티를 팍팍 내 짜증을 돋웠다. '그래도 오빠보다는 언니가 낫네' 하고 안도하는 순간, 기다렸다는 듯 뒤통수를 후려쳤다.

예를 들면 이런 식이다. 아무 생각 없이 멍 때리고 있는데 제멋대로 판단해 "오늘은 기분이 왜 그 모양이냐" 한다든가, 안 그래도 뾰루지가 신경 쓰여 속상한데 "얼굴에 여드름 났네. 그러게 잘 씻으라고 했어, 안 했어?" 하고 기름을 들이붓는다든가, 한껏 잘 차려입었다고 생각했는데 느닷없이 "그 바지에 그 티가 어울린다고 생각해? 진짜 촌스러워서" 하며 찬물을 끼얹는다든가 했다. 물론 그중에서도 최악은 소이가 좋아한 동네 카페 바리스타 오빠와 몰래 키스를 한, 평생 열불 날 일이었고.

대부분 욕이 절로 나오는 경우였지만 실제로 그랬다간 상황을 더욱 악화시킬 게 뻔했기에 소이는 하는 수 없이 차악을 고르곤

했다. 그건 대화가 더 이상 이어지지 않도록 쌩하니 얼음 바람을 일으키는 것이었다.

이래저래 소윤이 혼전 임신으로 결혼한다고 폭탄선언을 했을 때, 엄마 아빠는 망연자실했지만, 소이는 터져 나오려는 웃음을 참느라 헛기침을 여러 번 해야 했다. 그런데 임신을 핑계로 이렇게 문턱이 닳도록 드나들 줄이야.

"제발 우리 사랑이가 언니랑 형부 둘 다 안 닮았으면. 그럼 이 이모가 두 배로 사랑해 줄 텐데."

말 같지도 않은 혼잣말을 읊조리며 교복을 벗어 의자에 대충 걸어 둔 채 침대 속으로 기어 들어갔다. 정말이지 너무나 피곤한 7월의 첫날, 일주일의 첫날 월요일이었다.

♣ ♥ ♠

삼십 분쯤 잤을까, 밖이 소란했다. 소이는 눈을 비비며 일어나 침대 끝에 걸터앉았다. 비가 내리지는 않았지만 바람이 다소 세게 부는지 창문이 덜컹거렸다.

사이사이 문소리, 발소리도 들렸다. 아무래도 형부가 언니를 데리러 온 것 같았다. 그런데 언니와 형부의 대화 내용이 심상치 않았다.

시계를 보니 밤 9시 40분이었다. 엄마 아빠가 집 앞 은가비 길에서 한창 밤 산책을 즐길 시간이었다. 소이는 문짝에 귀를 바짝 갖다 댔다.

"진짜 올 줄 몰랐다고?"

"당연하지. 결혼하고 몇 년 동안 동기 모임에 안 나타났었다니까."

"그런데 이혼하고 다시 기어 나왔다, 그거지?"

"기어 나왔다는 말은 좀 그렇다. 딸꾹."

취기가 올랐는지 형부가 딸꾹질을 했다. 그때까지만 해도 일이 그렇게 심각하게 돌아가리라고는 형부도, 소이도 짐작하지 못했다.

"그게 그렇게 신경 쓰여? 기어 나왔다는 말이?"

"아니, 태교에 안 좋으니까. 험한 말은."

"그 여자는 말도 예쁘게 하나 봐? 미모도 여전해? 제니랑 한소희를 반반씩 섞어 놓은 것 같은 얼굴이라며."

순간, 형부가 멈칫하는 게 느껴졌다. 요 대목에서 대답을 잘못했다간 언니한테 평생 시달릴 게 뻔했기에 소이도 긴장감에 목이 말랐다. '그 여자' 얘기는 소이도 이미 알고 있는 스토리였다. 바로 소윤이 극도로 예민해하는 형부의 지독한 첫사랑.

줄거리는 대강 이러하다. 대학 시절 형부네 학과 남학생들의 로망이었던 첫사랑이 이혼을 했고, 보란 듯이 다시 동기 모임에 나타났으며, 형부가 화장실에 간 사이 형부의 휴대폰 속 동기 단톡방을 뒤져 본 언니가 그 사실을 제대로 목격해 버린 것이다.

게다가 단체 사진 속의 형부는 그 여자 옆에 바싹 붙어 앉아 치아가 다 보이도록 헤벌쭉 웃으며 즐거워하고 있었다. 그것도 언니가 태동을 느끼며 꿈꾸는 듯한 미소로 셀카를 찍어 대던 바로 그 시점에.

"자기도 단톡방에 올라온 사진 봤잖아. 그렇게 생겼어. 사진 그대로."

어유, 저걸 대답이라고 하나. 저 말인즉슨 여전히 아름답다, 그래서 심쿵했다의 다른 말이 아닌가. 눈치 속도로는 소이의 두 배가 훨씬 넘는 소윤이 그 행간의 의미를 놓쳤을 리 없었다. 잠깐이지만 소윤의 침묵이 예사롭지 않았다.

"엄청 설렜나 봐. 아주 좋아서 입이 귀에 걸렸네, 걸렸어."

"좋긴 뭐가 좋아. 내가 솔로도 아닌데⋯⋯."

"아하, 솔로였다면 좋았을 텐데 불과 몇 달 전에 결혼한 데다 이제 애까지 생겨서 못내 억울하다?"

"왜 또 그래? 별것도 아닌 일에. 산모가 흥분하면 배 속 태아도 신경이 예민해진다고 의사 선생님이 그랬어, 안 그랬어? 어머니, 아버지 오시기 전에 얼른 택시 타고 집에 가자. 전화는 나중에 내가 드릴 테니."

"어휴, 짜증 나는 그놈의 첫사랑, 첫사랑, 첫사랑! 한 번만 더 둘이 만나는 거 내 눈에 띄기만 해 봐. 아주 그냥⋯⋯."

소윤은 차마 뒷말을 잇지 못하고 주섬주섬 옷가지를 챙겼다.

'대체 첫사랑이 뭐길래.'

깨어 있다는 걸 들키고 싶지 않아서 현관문이 딸깍 하고 잠기는 소리를 낼 때까지 소이는 숨도 크게 쉬지 않았다.

형부의 첫사랑은 안 그래도 까탈진 소윤의 성질머리가 부글부글 끓다 못해 급기야 활화산처럼 폭발하도록 만드는 가장 확실한 기폭제였다. 그걸 여러 차례 겪어 봤으면서도 저렇게 수시로 빌미를 제공하다니, 형부는 정말 눈치가 마이너스 수준이었다.

첫사랑 생각을 하니 눈이 다시 똘망똘망해졌다.

'진짜 이상해. 자기는 엄청 연애쟁이였으면서 형부가 첫사랑이라고 박박 우기질 않나, 형부가 바람을 피운 것도 아닌데 첫사랑 얘기만 나오면 방방 뛰질 않나. 엄마도 그래. 아빠가 첫사랑이라면서 나한텐 맨날 첫사랑하곤 절대 결혼하면 안 된다고 난리를 치잖아.'

대체 어쩌라는 건지, 생각할수록 알다가도 모를 일이었다.

'에이, 모르겠다. 씻고 잠이나 자자.'

3

시절 첫사랑 비밀 노트

소이는 이른 아침 저절로 눈이 떠졌다. 밤새 창문을 흔들던 얄궂은 바람도 씻은 듯이 가라앉아 있었다.

마른세수를 두어 번 한 뒤 휴대폰을 여니 오전 6시 48분이었다. 몸을 한껏 늘인 기지개 한 판으로 남은 잠기를 털어 낸 소이는 책꽂이 세 번째 칸 시리즈 백과사전 줄 뒤편에 가로로 뉘어 숨겨 둔 노트를 조심스레 빼냈다. 애써 맞춰 놓은 책 줄이 흐트러지지 않도록 신경 썼다.

일기장은 아니었다. 소이의 지난 첫사랑들에 관해 기록해 둔, 그야말로 대단히 사적인 비밀 노트였다. 제목도 있었다. '아젤리아, 시절 첫사랑들'.

"시절 첫사랑이라, 누구 솜씨인지 네이밍 한번 기가 막히네. 큭큭. 역시, 잔머리 대마왕 마소이. 우리 엄마만 봐도 그래. 평생 가는 사랑이 어디 있냐고요. 한 시절 잘 머물다가 때가 되면 시간이라는 배를 타고 아련한 추억 속으로 떠나는 거지. 게다가 시절 첫사랑마다 색깔도 의미도 제각각이잖아. 그러니 이 마소이는 하나만 콕 찍어서 내 진짜 첫사랑은 이거야, 할 수가 없다고. 당최, 도저히, 네버!"

소이는 중얼중얼하며 물티슈로 노트에 묻은 먼지를 훔쳤다. "시간이라는 배를 타고 아련한 추억 속으로 떠난다니, 내가 한 말이지만 끝내주게 시적이군!" 하는 오글거리는 자화자찬까지 곁들여 가며.

비밀 노트를 닦다 보니 소이는 불현듯 부아가 치밀었다. 언니 소윤 때문이었다. 소이는 두뇌를 풀 가동해 일기장이나 성적표 등을 숨기느라 진땀을 뺐다. 신문지에 둘둘 싸서 침대 밑에 숨겨도, 책상 서랍에 넣고 단단히 열쇠를 채워도 소용이 없었다. 웬만한 건 죄다 소윤의 손바닥 안에 있었다.

두꺼운 백과사전이 줄지어 꽂혀 있는 칸 뒤쪽은 소윤의 레이더망이 미치지 않는 금단의 공간이었다. 백과사전을 앞으로 조금씩 밀고 얇은 비밀 노트를 눕혀 뒤쪽에 두니 감쪽같았다. 결혼한 뒤에도 소윤은, 평소 할머니가 자주 쓰시던 표현처럼 '풀방구리에 쥐 드나들듯' 툭하면 쪼르르 집으로 와 소이의 물건들을 들추고 헤집었다. 그러니 방심은 금물이었다.

침대에 걸터앉아 인조가죽으로 된 하드커버를 열자 종잇장 같은 분홍색 꽃잎 몇 개가 포르르 떨어져 내렸다. 아젤리아 꽃잎, 그러니까 서양 진달래 꽃잎을 말려 둔 것이었다. 요, 요, 요 아젤리아의 꽃말은 다름 아닌 첫사랑이었다.

"아젤리아라……."

세종대왕님껜 매우 송구하지만, 그때나 지금이나 진달래보다는 아젤리아가 훨씬 산뜻하게 들렸다. 진달래라고 하면 할머니 세대의 빛바랜 무성 영화가 떠올랐다. 애절한 느낌을 물씬 풍기면서 말이다.

'즈려밟고 가라던 교과서 속 시구 때문인가. 진달래 하면 왠지 슬픔이 차올라.'

아무튼 소이가 갑자기 시절 첫사랑 노트를 꺼내 든 건 전적으로 언니와 형부 탓이다. 둘의 날 선 대화를 듣고 있자니 잠시 잊고 있었던 과거의 시절 첫사랑들이 못내 궁금해졌다.

'마소윤 바보. 첫사랑이 평생 하나라고 믿으니까 어제처럼 집착 대방출이지.'

아주 잠깐이었지만 소이 역시 기억 창고에 있는 사랑 중 서열 1번을 첫사랑이라고 내세워 볼까, 하고 생각해 본 적도 있었다. 물론 10분도 안 돼 고개를 휘저으며 포기했지만. 그러기엔 나머지 사랑들이 너무 아까웠다.

'혹시 결정 장애인가, 아님 내 사랑 회로가 병렬인 건가.'

소이는 시시때때로 그런 자신이 희한하게 느껴져 고개를 갸우뚱하다가도 시절 첫사랑 중 하나를 고를 엄두 같은 건 내지 않았다.

그런데 작년 이맘때쯤, 소이는 자신과 똑같은 증상을 앓고 있는 '어나더 피플'을 만났다. 바로 모교 3학년으로 교생 실습을 나온 한결 선생님이었다. 길고 윤기 나는 머리에 웃으면 눈이 반달 모양이 돼 귀여움이 극대화됐던 하얀 피부의 한결 샘은 한마디로 하늘하늘한 첫사랑 비주얼이었다. 보는 순간 원초적 설렘을 선사한달까.

그러나 보기와는 달리 보통 야무진 성격이 아니었다. 우리가, 특히 남자아이들이 "첫사랑 얘기 해주세요!"라고 외치며 시끄럽게 책상을 두드리면 언제나 초두 효과에 대해 일장 연설을 늘어놓으며 요리조리 잘도 빠져나가곤 했다.

"난 해마다 첫사랑이 있었어. 중2 땐 1년 내내 혼자 좋아했던 방송반 오빠, 고1 땐 맨 처음 썸을 탄 학원 친구, 대학 땐 거 뭐냐 처음 데이트한 소개팅남 등등. 최초의 짝사랑, 최초의 썸, 최초의 데이트 등 셋 다 소중한 첫 기억이 있는데 어떻게 하나만 골라. 난 그런 잔인한 짓은 결코 할 수 없어."

졸음을 참느라 안간힘을 쓰던 소이는 한결 샘의 말에 저절로 눈이 번쩍 떠졌다. 소이는 찌찌뽕이라고 외치고 싶은 걸 꾹 참았다.

"말도 안 돼. 첫사랑이 무슨 줄줄이 비엔나소시지도 아니고."

여기저기서 툴툴거리는 소리가 들렸다.

"얼마 전, 모 기관에서 이십 대 미혼 남녀 500명을 대상으로 첫사랑의 기준이 대체 뭐냐, 물었다지? 절반 가까이가 '내가 처음 좋아한 사람'이라고 답했지만, 가장 많이 좋아한 사람, 처음 사귄 사람, 내가 잊지 못하고 있는 사람, 맨 처음 썸을 탄 사람, 첫 키스 상대 등등 다른 의견도 만만치 않았대."

"그럼 샘은 매번 다 광채를 봤어요? 첫사랑을 만나면 아우라가 장난 아니라던데."

"맞아. 광채! 그게 바로 초두 효과라는 거야. 누군가한텐 광채로, 또 다른 사람한텐 떵 하는 충격으로 여러 번 다양하게 올 수 있다고. 처음 초, 머리 두! 이게 심리학 용어인데 말이야, 내가 너희들한테 단어 열 개를 들려준다고 가정해 보자. 그럼 어떤 단어가 가장 기억에 남을까?"

"맨 처음 거요."

"난 마지막 거."

"확률상 맨 처음 단어를 기억하는 사람이 제일 많다더라. 다음은 마지막 거. 전자를 초두 효과, 후자를 최신 효과라고 부른대. 왜 그러냐면……."

와장창!

한결 샘이 갑자기 교탁 위의 철제 통을 팔꿈치로 밀어 떨어뜨리는 바람에 반 아이들이 모두 크게 놀랐다. 물칠판용 워터초크가 든 라면 봉지만 한 세련된 노란색의 철제 통이었다. 그 소리가 어찌나 컸는지 "아 씨!" 하고 욕설 비슷한 걸 내뱉은 아이도 있었다.

한결 샘은 "미안" 하고는 나동그라진 철제 통을 다시 교탁 위에 가만히 올려 두었다. 그러고는 이내 끊었던 말을 다시 이어갔다.

"왜 그러냐면, 그건 뇌의 가소성, 다시 말해 뇌에서 처리할 수 있는 정보의 양이 한정적이라서! 그래서 서열상 중간에 위치한 단어일수록 회상률이 점차 낮아지는 거지."

잠시 말을 멈추고 반 아이들을 둘러보던 한결 샘이 다시 철제 통을 손으로 밀어 떨어뜨렸다. 대부분 놀라기는 했지만, 처음처럼 요란한 반응은 아니었다. 한결 샘은 그럴 줄 알았다는 듯 씨익 웃었다.

"이것 봐, 두 번짼 덜 강렬하잖아. 근데 내가 한참 뒤, 그러니까 너희들이 완전 무방비 상태로 포맷됐을 때 오늘처럼 철제 통을 떨어뜨렸다고 치자. 보나 마나 엄청 놀라겠지? 나도 이런 초두 효과를 주기적으로 경험했달까. 광채는 못 봤지만, 그에 상응하는 충격은 때마다, 시절마다 경험했다고. 갑자기 심장이 쿵 하고 추락한다든가 머릿속이 하얘진다든가 딸꾹질이 난다든가. 결론적으로 올해의 내 첫사랑은 딱 너희들이야. 내 가슴을 훅 치고 들어온 올해 최초의 정보인 데다 휴우, 처음 봤을 때 가슴이 막 주책없이 나댔던 걸 보면. 이성 간 첫사랑만 강렬한 건 아니잖냐. 아이 러브 유 쏘 머치, 얘들아. 어디까지 했더라?"

누가 보면 마마어워즈 수상 소감인 줄. 소이의 귀엔 "팬 여러분이 제 첫사랑이에요. 사랑합니다"로 들렸다. 여하튼 보통내기가 아니었다. 사적인 이야기를 5분 이상 하느라 진도를 못 맞추는 일은 단 한 차례도 없었으니까.

소이는 철제 통 나뒹구는 소리에 놀라고, '때마다, 시절마다'라는 소리에 또 한 번 놀랐다. 아니, 더 놀랐다. 한결 샘도 자신처럼 주기적으로 첫사랑이 찾아왔다니 이 얼마나 까무러칠 노릇인가.

그렇고말고,《첫사랑》인가 뭔가 하는 소설 속 귀족 아저씨처럼 "여섯 살 때 보모한테 첫사랑을 느꼈으니 그 이후의 사랑은 죄다 두 번째다"라는 말엔 절대 고개를 끄덕일 수 없었다. 아무리 강렬한 감정의 파장이었대도 그렇지, 열여섯이라면 모를까 코흘리개 여섯 살이 뭘 안다고.

아무튼 한결 샘의 응원(?)에 힘입어 소이는 첫사랑이 아니라 그때 그 시절의 첫사랑, 줄여서 '시절 첫사랑'이라는 용어를 출산했다. 아니, 탄생시켰다.

'시절 첫사랑이라, 진짜 입에 착착 붙네, 붙어.'

소이는 자신의 작명 실력에 속으로 폭풍 칭찬을 했다. 만에 하나 자영이 들었다면 "야! 마이소이!" 외치며 콧물이 튀어나오도록 강도 높은 코웃음을 쳤을 테지만.

흐뭇한 미소를 머금은 채 한 장 한 장 비밀 노트를 넘겨 보던 소이는 너무 놀라 금세라도 까무러칠 지경이 됐다. 세상에, 노트에 담긴 시절 첫사랑의 개수가 도합 여섯 개였다.

그러니까 지금까지의 시절 첫사랑이 여섯 개라는 건 조만간 일곱 번째 시절 첫사랑이 온다는 소리 아닌가. 생각해 보라, 올해의 행운의 숫자가 7이 맞는다면 일곱 번째 시절 첫사랑이야말로 진짜 첫사랑이 될 거라는, 그야말로 엄중한 하늘의 계시가 아니고 무엇이랴.

'왜 자꾸, 번번이, 지속적으로 7인 건데!'

소이의 등줄기에 깨알 같은 소름이 쫙 퍼졌다. 어제부터 숫자 7과 관련된 올망졸망한 행운이 줄기차게 찾아와 무료하기 짝이 없는 고1 마소이의 일상을 기분 좋게 뒤흔들고 있었다.

'7월에 일곱 번째 시절 첫사랑이 찾아온다면? 아냐, 아무리 생각해도 이건 시간이 너무 촉박해.'

아무리 7이 '빼박 올해 행운의 숫자'라 할지라도 옆집 쌍둥이 오빠들 이후로는 사랑 비슷한 감정을 느낄 만한 이성을 도통 만나지 못했다. 같은 학교 남자아이들은 대충 다 가소로웠고, 이젠 옆집 오빠도 없었다. 쌍둥이 오빠가 살던 1203호엔 젖비린내 가득한 중학생 녀석이 이사를 온 상태였다. 종교가 없으니 성당 오빠, 교회 오빠도 있을 리 없고.

'설마 바안 호오 주운?'

반사적으로 반호준이 떠오르자 소이는 급기야 주먹이 불끈 쥐여지고 콧구멍에서 콧김이 숭숭 새어 나왔다.

'나쁜 놈. 잘생기면 다냐. 쉽게 용서해 주면 내가 마소이가 아니라 말소이다. 그나저나 숫자 7 말이야, 소름 끼치게 신기하긴 하네.'

소이는 자신의 휴대폰을 꺼내 '올해 행운의 숫자' 어플을 찾기 시작했다.

"마소이, 딱 한 번만 더 해 보는 거야!"

그럴 일은 없겠지만, 또다시 7이 뜬다면 이참에 7을 주제로 한 기념관이라도 세울 것이다. 그런데 이게 웬일인가. 앱 스토어에 비슷한 어플은 여러 개 있었지만, 전부 자영의 휴대폰에 있던 꽃 모양 로고는 아니었다.

'하는 수 없지. 잔소리 마녀 자영이한테 한 번 더 부탁하는 수밖에.'

마이소이 어쩌고 하며 자신을 행운의 숫자나 믿는 유치한 어린 애 취급할 자영을 상상하니 벌써부터 귓속이 간질간질한 느낌이었다. 소이는 자영이 옆에 있기라도 한 듯 집게손가락을 넣어 귓속을 한 차례 후빈 뒤 욕실로 향했다.

4

사라진 어플, 돌아온 호준

평소보다 10분 먼저 나선 등굣길, 교문 앞에서 만난 자영에게 소이가 물었다.

"우리 자영 양은 대체 첫사랑이 뭐라고 생각해?"

요새 한창 사랑앓이 중인 자영이었다. 상대는 '여학생 첫사랑 순위 톱 10' 안에 드는 '교회 오빠'였다. 자영이 휴대폰으로 몰래 찍은 사진을 보여 주었는데, 소이의 눈에는 기름기 가득한 바람둥이로만 보였다.

"첫사랑이 뭐냐니, 첫사랑이 첫사랑이지 두 번째 사랑이겠니."

소이는 '치, 네가 첫사랑 운운한 게 올해만 해도 벌써 세 번째다'라고 하려다가 그만두었다. 자영은 소이의 말을 제대로 듣고 있지 않았다. 그 애의 눈, 아니 그 애의 모든 감각은 오직 휴대폰 사진 속 교회 오빠한테만 꽂혀 있었다.

"너 혹시 한결 샘 기억나?"

자영을 따라 종종걸음을 치던 소이가 지나가는 투로 물었다.

"중3 때 처녀귀신?"

예상외의 대답에 소이가 화들짝 놀랐다.

"뭐, 뭔 소리야? 한결 샘 죽었어?"

"길고 까만 머리, 허연 얼굴. 비주얼이 딱 처녀귀신이잖아."

자영이 평소보다 훨씬 센 강도로 '대체 넌 왜 이렇게 말귀를 못 알아듣냐'는 듯 툴툴거렸으나 소이는 눈치채지 못했다. 평상시에도 곧잘 투덜대는 톤이니 이번에도 그러려니 한 것이다.

"샘이 첫사랑 각이긴 했지."

"흥! 첫사랑 각 좋아하네."

"흥? 뭐냐, 혹시 한결 샘이랑 사랑의 라이벌 관계 뭐 그런 거였냐?"

"마이소이, 제발 눈치 좀 챙겨."

'죽을래? 장난하냐?' 정도를 기대했던 소이는 순간 김이 팍 새는 것 같은 기분이 들었다. 자영이 시시때때로 건네는 잔소리 중 최악은 '눈치 없다, 무디다'였다. 그건 분위기 파악도 제대로 못하는 '민폐 둔녀'라는 걸 에둘러 표현한 것이 아닌가.

"눈치 챙겼으니까 사랑의 라이벌 소리가 튀어나온 거잖아. 내 말 맞지? 근데 뭘 더 챙기라는 거야?"

이번엔 소이도 참지 않았다. 왜 맨날 구박이람. 제대로 말을 하든가.

"그럼 눈치 말고 개념을 더 챙기든가!"

한층 더 날카로워진 자영이 바람처럼 소이를 지나쳐 가 버렸다.

'성질 부리는 거 보니 맞네, 맞아. 확실히 뭔 일 있었어. 근데 나만 기억을 못 하는 건가. 그래도 그렇지.'

소이는 억울함과 수치심에 얼굴이 벌게진 중에도 자영을 이해해 보려고 애를 썼다. 그럴수록 기분이 풀리기는커녕 더 나빠졌지만.

시뻘건 얼굴을 숨기려고 고개를 숙인 채 걷고 있는데 누군가 등에 멘 가방을 손으로 잡아 소이를 멈춰 세웠다. 깜짝 놀란 소이의 입에서 소프라노 비명이 터져 나왔다. 목 뒤로 소름이 돋다 못해 쭈뼛쭈뼛 솜털까지 곤두서는 느낌이었다.

"아아악!"

"윽!"

그 소리에 자기가 더 놀란 듯 외마디 비명을 내뱉은 상대방은 반호준이었다.

"아, 뭐야!"

호준을 보자 그동안의 섭섭함이 폭발했다.

"미, 미안해. 나는 그냥 반가워서."

"뭐, 반가워? 2년 동안 전화 한 통 없더니 느닷없이 왜 친한 척인데! 뭔 일이 있었는지 말을 해야 알지, 내가 초능력자도 아니고! 다들 왜 나한테만 눈치 챙기래. 자기들은 눈치도 못 채게 철벽을 잔뜩 쳐 놓고!"

생각나는 대로 배트를 휘두르듯 내뱉고 나니 공이 영 엉뚱한 데로 날아가 있었다. 그때 그 순간 소이를 서운하게 한 건 분명 자영이었는데, 신기하게도 악다구니의 대주어는 반호준으로 바뀌어 있었다. 게다가 마지막 줄에는 언니 소윤도 슬그머니 등장해 있었고. 좀 전에 한 말의 '다들'은 반호준, 자영 그리고 소윤 언니를 뜻하는 복수 주어였다.

"……."

머쓱해진 소이가 흘낏 호준을 쳐다봤다. 녀석은 입을 꼭 다문 채 뒷머리만 긁적였다.

"안 되겠어. 너 좀 맞자. 딱 일곱 대만 맞아라. 그래야 불운이 도망갈 것 같아."

"……."

소이는 주먹을 불끈 쥐고 부동자세가 된 반호준의 가슴을 팡팡팡팡팡팡 일곱 번 쳤다. 그러고는 돌아서서 야무진 톤으로 "아자!"를 일곱 번 외치고는 교실로 뛰어갔다.

홀로 남겨진 호준은 소이의 주먹이 스치고 간 자신의 탄탄한 가슴을 천천히 쓸어내렸다. 그 모습을 본 같은 반 형주가 어이없다는 듯 "뻥 뚫린 데서 웬 변태 짓이야. 징그러운 새끼" 하고 면박을 줄 때까지 한참을 그러고 서 있었다.

소이는 누가 쫓아오기라도 하는 듯 잽싸게 교실로 뛰어 들어갔다. 책가방을 겨우 내려놓자 그제야 나갔던 전기가 다시 들어온 듯 정신이 번쩍 들었다.

'헉, 내가 무슨 짓을 한 거야.'

발을 동동 굴러 봐도, 고개를 세게 흔들어 봐도 왜 갑자기, 불현듯, 느닷없이 녀석의 가슴을 칠 생각을 한 건지 도저히 이해가 안 됐다.

'아주 실성을 했구나, 마소이.'

그렇게 운동장에 남겨 두고 온 호준을 떨쳐내지 못해 머리털을 쥐어뜯고 있으려니 자영이 살그머니 다가와 암염발효버터브레드를 내밀었다.

"미안. 내가 성급했어. 가만히 생각해 보니까 너한텐 얘기 안 한 게 맞더라고."

"……."

"마이소이, 미안하다고."

"……."

소이는 빵 봉지를 옆으로 밀어내곤 철퍼덕 책상 위에 엎드렸다. 쳇, 화도 잘 내고 사과도 빠른 계집애. 하지만 난 아직 안 풀렸다고. 재촉 말라고. 너 때문에 내가 뭔 짓을 했는지 알면 빵 열 개를 줘도 모자라다고.

미동조차 하지 않는 마소이를 내려다보던 자영이 한숨을 푹 내쉬더니 초강수를 두었다. 더할 나위 없이 보드라운 목소리였다.

"알았어, 마이소이. 이따 타로 카페 쏠게. 국물 떡볶이랑 에이드

세트 콜?"

"음, 코올."

고개는 들지 않았지만 소심한 목소리로 콜을 외치자 자영이 안도의 한숨을 쉬며 이내 빵 봉지를 집어 들었다. 그러자 소이는 동물적인 감각으로 재빨리 빵 봉지를 낚아챘다.

"이럴 때 보면 눈치 만렙이라니까."

"줬다가 뺏는 건 최악이지."

벌떡 일어난 소이가 빵 봉지를 뜯어 빵을 반으로 갈랐다.

"반 줄 테니까 그거나 다시 해 보자."

자영의 회유에 잠시 잊고 있었던 행운의 숫자 생각이 다시금 소이의 머릿속을 뒤흔들었다. 급식실 잔반통 같은 너절한 기분도 숫자 7을 대입하니 금세 잘 닦아 놓은 식판처럼 보송해졌다.

"그거라니?"

"행운의 숫자 말이야."

"다시는 안 한다더니."

"확인할 게 있어서 그래."

호준의 가슴을 일곱 번 때리고 '아자'를 일곱 번 외치고 나니 자영이 사과를 한 데다 평소엔 한 입도 주지 않던 암염발효버터브레드까지 통째로 갖다 바쳤다는 게 너무나 신기했다.

"알았어."

자영이 못 이기는 척 휴대폰을 꺼내 어플을 찾기 시작했다.

"뭐야, 사라졌잖아."

"뭐?"

"어플 말이야, 삭제한 적 없는데 저절로 사라져 버렸어. 스토어에서도 검색이 전혀 안 돼."

"어플 제목이 올해 행운의 숫자랬지?"

"올해 행운의 숫자 괄호 열고 아젤리아 괄호 닫고."

"아젤리아? 지금 아젤리아라고 했어?"

"만든 사람 부캐겠지. 행운의 숫자 어플은 쌔고 쎘는데 아젤리아 건 없어. 주인장이 폭파했나 봐."

"헐!"

담임선생님이 아침 조례를 하러 들어오는 바람에 자영은 빛의 속도로 자리에 앉았다.

헐 소리가 절로 나오는, 참으로 다이내믹한 하루의 시작이 아닐 수 없었다.

5
운명의 타로 카드

"계세요?"

탁자 위 조명은 모두 켜져 있었지만, 손님은 아무도 없었다. 자영이 고개를 갸우뚱하며 텅 빈 카페 안으로 들어섰다. 잠시 뭉그적거리던 소이도 의심 가득한 눈초리로 발걸음을 떼 그 뒤를 따랐다.

"저기요!"

자영이 다시 목소리를 높이자 벽 너머에서 누군가 인기척을 냈다. 부스럭거리는 소리와 함께 나타난 이십 대 초반의 남자 아르바이트생은 남색 앞치마를 입고 있었다.

"벌써 영업이 끝난 거예요?"

아르바이트생은 자영의 질문이 끝나기도 전에 '이를 어쩐다……' 하는 난감한 표정을 지었다. 얼굴만 봐도 얼마나 미안해하는지 단박에 알 수 있었다. 살집이 붙은 오동통한 얼굴에 처진 눈이 묘하게 잘 어우러져서인지 꽤 푸근해 보였다.

“마스터님이 급한 일로 방금 전 퇴근해서……. 저도 박스만 정리하고 셔터 내리려고 했는데 이를 어쩐다?”

“앗! 그럼 타로 카드 점 못 봐요?”

실망한 소이가 모기만 한 소리로 투덜거렸다.

‘뭐냐. 어플도 사라지고 타로 마스터는 퇴근하고.’

소이는 가게 사정이니 어쩔 수 없다는 건 이해하면서도 서운함을 감추지 못했다. 사실 자영이 화해의 선물로 타로 카페 이야기를 했을 때부터 소이는 일곱 번째 시절 첫사랑에 대해 꼭 점쳐 볼 작정이었다. 어플까지 감쪽같이 사라졌으니 물어볼 데라고는 여기밖에 없었다.

“이왕 왔으니 콜라라도 한잔해요. 헛걸음하게 해 미안한 것도 있고.”

카페 출입문에 걸린 푯말을 ‘closed’로 바꾼 아르바이트생이 자영과 소이를 위해 콜라 캔 두 개를 내왔다. 그러고는 조심스레 물었다.

“저도 타로 카드 공부 중인데 마스터님만은 못하겠지만, 연습삼아 한번 봐줄까요?”

“저, 정말요?”

소이가 반색하자 아르바이트생은 부끄러운 듯 얼굴을 살짝 붉혔다.

“완전 초보예요. 카드 뽑으면 설명서 읽는 정도랄까.”

"괜찮아요. 다 재미로 하는 건데요, 뭐. 전 이자영, 얜 마소이. 오빠는요?"

자영이 연신 싱글거리며 시키지도 않은 자기소개를 했다.

'어유, 보자마자 친한 척은. 아무튼 이자영, ENTP가 분명하다니까.'

선배나 어른한테도 유들유들하게 굴고 처음 만난 사람하고도 빛의 속도로 친해지는 자영이 소이는 마냥 신기할 따름이었다.

"난 김우진. 짐작했겠지만, 타로 카드도 배울 겸 아르바이트 중이에요."

우진은 앞치마 주머니에서 두툼한 타로 카드 한 묶음을 꺼냈다. 초보자들이 주로 사용한다는 유니버설 웨이트 계열의 메이저 아르카나(카드) 22장이었다.

"누구부터 할래요?"

22장의 카드를 착착 정리하며 우진이 두 사람을 번갈아 쳐다봤다.

"저, 저요!"

자영이 횡단보도 앞에 선 초등학생처럼 오른팔을 번쩍 치켜들었다. 그 모습이 귀엽게 느껴졌는지 우진도 소리 내지 않고 배시시 웃었다.

"연애, 시험, 직업 중 어떤 거?"

"음…… 연애요."

통통한 뺨에 홍조가 옅게 번지는 게 자영답지 않았다. 소이는 자신의 베프가 뭘 궁금해할지 알고도 남았다. 십중팔구 교회 오빠 얘기겠지.

"카드 한번 섞어 볼래요? 뒤죽박죽으로요. 상대방의 얼굴과 이름을 떠올리면서!"

우진은 자영의 손에 메이저 아르카나를 쥐여 주었다. 자영은 뚫어져라 카드를 내려다보았다. 수업시간엔 도통 볼 수 없는 진지한 표정이었다.

되받은 카드를 우진이 탁자 위에 한 줄로 길게 늘어놓았다.

"과거, 현재, 미래 한 장씩 골라 봐요. 오른쪽에서부터."

자영은 처음, 중간, 끄트머리에서 골고루 한 장씩 고르려다가 멈칫했다. 침까지 꼴깍 삼키는 게 평소와 달리 여간 신중한 모양새가 아니었다.

"한 번 더 설명하자면…… 저희 사수가 말씀하시길, 타로 마스터는 무의식의 세계를 함께하는 조력자랬어요. 점쟁이도 역술가도 아닌, 카드와의 대화를 조근조근 읽어 주는 사람, 뭐 그냥 그 정도로만 생각해 주시면 좋겠다, 이 말씀."

"넵!"

우진의 당부가 채 마침표를 찍기도 전에 자영이 큰 소리로 대답한 뒤 아랫입술을 꼭 깨물었다. 이게 뭐라고, 긴장되는 건 소이도 마찬가지였다. 당사자가 아닌데도 말이다.

"에이, 모르겠다. 이거, 이거, 이거요!"

자영이 세 개의 카드를 후다닥 짚어 내자 우진이 그것들을 찬찬히 앞으로 빼냈다. 뒤집어보니 순서대로 역방향 악마, 정방향 운명의 수레바퀴, 정방향 더 월드 카드 순이었다.

"리딩에 따르면 이래요. 과거 오랫동안 학생을 잡고 흔들던 중독 같은 관계가 깨어진다, 하여 비로소 속박에서 풀려난다고. 그래서 곧 우연찮은 기회에 운명 같은 상대가 찾아오고, 미래엔 그 사람과 서로 조화로운 관계, 그러니까 사랑하는 사이로 발전한다, 그렇게 써져 있네요."

자신이 없는지 우진이 코를 찡긋하며 뒷머리를 벅벅 긁었다. 소이는 흘낏 자영을 쳐다봤다. 자영의 얼굴은 기쁨으로 잔뜩 들떠 있었다.

"오빠, 그럼 30분 전도 과거에 속해요?"

"그, 그렇지 않을까요?"

"와, 대박! 타로 카드 정말 잘 맞힌다! 전 궁금증 다 풀렸어요. 다음은 마이소이!"

"소이 학생도 연애?"

소이가 대답하려는데 자영이 불쑥 끼어들었다.

"두말하면 잔소리죠. 아침부터 첫사랑이 대체 뭐냐며 저를 들들 볶았거든요."

"네, 뭐, 대충."

작은 소리로 답한 후 소이가 입술을 안으로 잔뜩 말아 넣었다.

그나저나 뺨 위쪽 광대가 한껏 승천한 자영이 오늘은 시도 때도 없이 마이소이 타령을 했다. 게다가 들들 볶다니, 딱 한 번 물어본 걸 가지고. '하여튼 이 과장!' 이 과장은 침소봉대, 과장법의 달인이란 뜻에서 반장이 자영에게 붙여 준 별명이었다. 하지만 자영이 거품을 물 정도로 질색하는 바람에 다들 속으로만 중얼거렸다.

"저, 질문이 세 개인데……."

자영을 슬쩍 흘겨보던 소이가 이내 소심하게 오른손 손가락 세 개를 펴 보였다.

"그래요? 그럼 질문 하나에 카드 하나, 그렇게 세 번 해 보죠, 뭐."

우진의 얼굴에 서글서글 사람 좋은 웃음이 번졌다.

첫 번째 질문은 7이 과연 올해 행운의 숫자가 맞는가. 다음은 여섯 개의 시절 첫사랑 중 진짜 첫사랑이 있는가. 마지막으로 세 번째는 반호준. 세 번째는 질문이라기보다 그냥 세 글자 반호준이었다. 중학교 때 사라졌다 고등학교 입학식 때 다시 나타나 수시로 자신을 혼란스럽게 만드는 바로 그 녀석 말이다.

우진이 아까와 달리 메이저 카드 22장을 둥글게 반원 모양으로 펼쳤다. 소이도 침을 한 번 꼴깍 삼킨 뒤 오른쪽에서 일곱 번째 카드를 손가락으로 꾹 찍었다.

방향이 바뀌지 않도록 주의를 기울이며 우진이 소이가 찍은 카드를 앞으로 밀었다. 그러곤 천천히 뒤집었다.

소이와 자영은 뭔가 상서로운 기운이 느껴지는 절제 카드를 뚫어져라 쳐다보았다.

절제 카드는 등에 커다란 핏빛 날개를 달고 낭창거리는 흰옷을 입은 금발의 천사장 미카엘이 노란색 붓꽃이 핀 물가에 살포시 서 있는 그림이다. 자세히 보니 한쪽 발은 돌에 대고 다른 쪽 발은 절반 정도만 물에 담갔다. 오른손에 쥔 황금 잔 속의 물을 왼손에 쥔 같은 모양의 잔에 옮겨 담느라 가늘게 내려 뜬 눈이 골똘해 보였다. 길 끄트머리 산 위에는 신성한 왕관이 둥실 떠 있고, 대천사의 머리 뒤로는 찬란한 후광이 달렸다. 옷자락 앞, 선명하게 새겨진 '사각형 속 삼각형' 문양도 눈을 사로잡았고.

"14번 절제 카드네요. 질문이 뭔지는 모르겠지만 카드에 맞춰 풀어 보자면, 신이 인간에게 주는 일종의 계시다, 그러니 받아들여라……. 보이죠? 천사장 가슴에 있는 사각형 속 삼각형은 숫자 7을 뜻하는데, 이건 신의 숫자예요. 3각과 4각을 더한 숫자 7을 비롯해 천사 옆에 가득 핀 황금빛 붓꽃, 그가 한쪽 발을 물속에 담근 형상도 모두 신이 인간에게 주는 안내와 메시지라는 뜻을 내포하고 있죠."

'대박! 7이 하늘이 내린 올해 행운의 숫자가 맞나 봐. 신의 계시인데 자꾸 못 믿고 의심하는 건 불경스러운 일이겠지? 그나저나 타로 카드, 너무 잘 맞아서 완전 대왕 소름!'

소이는 평상심을 유지하기 위해 서둘러 소름 돋은 팔뚝을 문질렀다. 7 따윈 관심도 없다는 듯 자영은 탁자에 턱을 괸 채 우진의 긴 손가락과 그 손가락이 연주하듯 펼쳐 낸 타로 카드만 번갈아 가며 쳐다보고 있었다.

하나, 둘, 셋, 넷, 다섯, 여섯, 일곱. 이번에도 소이는 오른쪽에서 일곱 번째 카드를 골랐다. 혹시나 잘못 고를까, 속으로 두 번 세 번 숫자까지 세어 가며.

펼쳐 보니, 보따리를 메고 흰 장미를 든 소년이 낭떠러지에 서 있는 그림이었다. 물리적 배경은 벼랑 끝이었지만, 소년의 옷차림은 더할 나위 없이 화려했고 금색 태양에 드리워진 표정 역시 충만한 기쁨이 흘러넘쳤다. 소년 옆에 자리한 흰 강아지의 몸짓도 날듯이 경쾌해 보였다.

"우와, 0번 바보 카드!"

"바보요? 아, 웃겨. 얘, 모자란 애예요? 하긴, 절벽에서 강아지랑 칠렐레팔렐레하는 게 정상은 아닌 것 같네요."

자영이 킬킬거리자 우진도 두 눈이 초승달이 되도록 따라 웃었다. 바보라는 소리에 웃지 않은 건 갸우뚱해 있는 소이뿐이었다. 그런 소이가 신경 쓰였는지 우진이 얼른 자세를 고쳐 앉았다.

"칠렐레팔렐레라는 말이 재미있어서 그만. 그런 바보는 아니고요, 광대라는 의미가 더 커요. 한마디로 자유로운 영혼이랄까. 새로운 것을 향해 자유로이 나아가다, 뭐 그런 느낌. 연애운의 경우엔, 새로운 사람을 만났다면 너무 고민하지 말고 잡아라, 그렇게 해석할 수도 있고요."

"과거는 싹 갖다 버리고 새롭게 시작해라?"

마치 일타 강사처럼 자영이 우진의 해석을 더할 나위 없이 적절하게 요약하자 우진도 과도하게 고개를 주억거리며 신나 했다.

"빙고!"

'세상에! 해석대로라면 여섯 개의 시절 첫사랑은 내 진짜 첫사랑이 아니란 말씀!'

소이는 점점 더 심장이 두근거렸다. 그 말인즉슨 여섯 개의 시절 첫사랑과 과감하게 이별하고, 진짜 인생 첫사랑이 될 일곱 번째 시절 첫사랑을 서둘러 찾아야 한다는 것이렷다.

"타로 카드, 네 말대로 정말 놀랍다."

"됐고, 질문이 뭔지는 나중에 서로 까 보기다!"

혼잣말 같은 소이의 감탄사에 자영이 드디어 본심을 드러냈다. 소이는 부끄러운 듯 배시시 웃기만 했을 뿐 대답은 하지 않았다.

"자, 마지막 카드는 직접 섞어 봐요. 아까 자영 학생이 하던 것처럼 위아래로 뒤죽박죽."

카드를 받아 쥔 소이는 머릿속으로 반호준을 떠올렸다.

소이는 속으로 반호준 세 글자를 일곱 번 연속 되뇌며 착착 소리가 나도록 카드를 뒤섞었다. 7이 수호신 같은 존재라는 게 점점 기정사실화되어 가고 있는 시점이니, 타로 카드의 화두 역시 일곱 번을 부르짖어야 순도 백 퍼센트의 결과물을 안겨 줄 것 같은 막연한 예감에서였다.

잠시 후 22장의 카드가 탁자 위에 펼쳐지자 소이는 초지일관 망설임 없이 정확하게 오른쪽에서 일곱 번째에 놓인 카드를 꾹 눌렀다.

"여는 것도 직접 해 봐요.'

우진의 제안에 소이가 조심스레 카드를 빼냈다. 심장과 마찬가지로 손가락이 포르르 떨렸다. 그 카드는⋯⋯ 그 카드는⋯⋯.

6
반호준이 왜 거기서 나와?

바로 메이저 21번 더 월드 카드였다. 자영이 뽑았을 땐 잘 몰랐는데 새삼 엄청 멋져 보였다. 위아래로 뫼비우스 띠 모양의 붉은 장식이 있는 월계수잎 고리 안에 보라색 천을 휘감은 나체의 여인이 양손에 완즈(지팡이)를 든 채 춤을 추고 있었다.

"더 월드 카드라! 이건 한 사이클의 완성, 만족스러운 결과물을 뜻해요. 카드 속 원형을 일일이 다 설명하지 않더라도 뭔가 해피엔딩이구나 하는 걸 알 수 있죠? 월계수에 완즈에 구름에 뫼비우스의 띠……. 연애 중에 이 카드를 뽑았다면 백 퍼센트 결혼 성공, 썸 타는 중이거나 짝사랑 상대라면 곧 연인이 될 테니 너무 조바심 내지 않아도 좋다, 뭐 이 말씀!"

연애, 결혼, 썸, 짝사랑, 연인 등의 단어가 우진의 입을 통해 차례로 튀어나올 때마다 소이는 온몸에 닭살이 돋는 것 같아 반복적으로 아랫입술을 잘근 씹었다.

'할친손 반호준이랑 내가? 세상에, 말도 안 돼!'

"으으으!"

오글거림을 떨쳐 내기라도 하려는 듯 두 주먹을 꼭 쥔 소이가 굵은 비명을 토했다.

"마이소이, 뭔 상상을 하는 거야? 표정 겁나 심각해."

눈치 하나는 정말이지 기가 막히게 빠른 이자영이었다.

"그게 아니라 뽑는 족족 좋은 카드라 신기해서."

뭐야, 이자영. 질문만 하고 답은 듣지도 않냐. 소이가 변명을 채 끝맺기도 전에 자영의 눈길은 홀라당 우진에게 되돌아가 있었다.

"오빠, 전번 좀 알려 주세요. 타로 카드도 봐 주셨는데 사람이라면 밥 한번 사야죠."

"그럴 필요까진 없는데……. 그렇지만 정 원한다면."

말은 그렇게 했지만, 우진은 빛의 속도로 자영의 휴대폰에 자신의 번호를 찍었다.

"아, 이젠 정말 문 닫고 가 봐야겠다. 과외가 있거든."

우진이 앞치마를 벗어 착착 접기 시작했다. 혼잣말 같은 나긋한 반말투가 꽤 듣기 좋았다.

"오늘 정말 감사했습니다. 곧 연락드릴게요."

유쾌한 자영의 인사에 우진은 환한 미소로 답했다.

"진짜 밥 사려고?"

소이의 소곤거림에 자영의 뺨이 한 톤은 더 붉어졌다.

"안녕, 잘 가."

우진의 인사에 허리를 90도로 굽혀 맞인사를 하려던 소이는 자영의 손아귀 힘에 의해 뒷덜미를 잡힌 채 질질 끌려 나갔다. 눈치 없는 소이에 대한 자영의 소리 없는 일갈이었다.

♣ ♥ ♠

타로 카드에 온 신경을 곤두세운 탓인지 둘은 너무나 배가 고팠다. 자영의 배 속에선 급기야 꼬르륵하고 시냇물 흘러가는 소리까지 났다. 아쉬운 대로 핫바와 제로 콜라를 고른 둘은 편의점 창가에 앉아 큰 숨을 내쉬었다.

"자, 뭐 물어봤는지 질문부터 까 봐."

"난 무려 세 개고 넌 달랑 한 개니까 너부터."

"좋아. 내 질문은…… 우진 오빠랑 잘될까요? 이거였어."

"우진 오빠? 타로 카드 봐 준 그 알바생?"

"알면서 뭘 자꾸 물어."

"아니, 만난 지 얼마나 됐다고. 교회 오빠 어쩌고?"

"사랑은 변하는 거야. 움직이는 거라고."

"그것도 정도가 있지. 이건 뭐 순간 이동이 따로 없네그려."

소이가 통사 선생님 흉내를 냈다. 적잖이, 아니 엄청 크게 놀랐다는 뜻이었다.

"오늘부터 1일인 셈이지. 타로 카드에도 그렇게 나왔잖냐."

"못 말려, 못 말려, 이자영, 정말 못 말려."

"됐고, 이젠 네 차례."

"음…… 난 말이야……."

"마이소이, 꼼수 쓰지 말고 얼른 불어."

"맨 처음 질문은 숫자 7이 올해 행운의 숫자가 맞냐."

"무슨 템폰지 그런 카드 나온 것 같던데."

"야, 템포는 생리용품이잖아."

"알아들었으면 됐지, 뭘 따져."

"템퍼런스, 절제 카드라고. 신기한 게 절제 카드 의미가 '신이 내린 메시지 혹은 계시' 뭐 그런 뜻이래. 그러니까 7이야말로 행운의 숫자가 맞는 거지!"

"그건 나도 인정! 어플부터 타로까지 죄다 7 얘기뿐이잖아."

"그러게. 솔직히 나 너무 떨려."

"그렇다고 오버는 말고. 두 번째 질문은?"

"이건 설명하기가 좀 복잡한데……."

"그럼 간단하게 하든가."

"쳇. 아무튼 내 시절 첫사랑이 지금까지 딱 여섯 개거든? 두 번째 질문은 찐 첫사랑이 이 중에 있냐, 없냐."

"뭔 카드가 나왔었지? 맞다, 칠렐레팔렐레 카드!"

"그래, 바보 카드. 옛것을 버려야 새것이 온다는."

"그렇다면 그놈의 시절 첫사랑인지 뭔지 죄다 갖다 버려야 일곱 번째 찐 첫사랑이 온다는 말씀?"

"응, 그런 말씀!"

"와, 또 7이네. 이건 정말 예사롭지가 않다, 마이소이!"

"그러니까. 내 말이."

"좋아. 그럼 마지막 질문은?"

"이건 말하기가 좀 곤란해. 질문이라기보다 무의식 같은 거라."

"마이소이, 닥치고 불어라."

"……."

"어쭈, 네가 아주 오래 살기 싫구나?"

"아, 알았어. 반호준."

"엥? 누구?"

"반호준이라고. 내 할친손 반호준."

"그게 질문이야?"

"질문은 아니고 그냥 '반호준' 세 글자를 일곱 번 외우면서 카드를 뽑았다고."

"오호라. 반호준을 외쳤는데 월드 카드가 나왔다?"

"그, 그런 셈이지."

"우진 오빠가 연인 어쩌고 하던데, 그럼 반호준이 네 일곱 번째 찐 첫사랑이란 소린가?"

"아, 몰라. 그 자식하곤 말도 섞고 싶지 않다고."

"근데 왜 반호준이 거기서 나와? 말도 섞고 싶지 않을 정도로 싫은 반호준이?"

"도통 그걸 모르겠어. 질문 세 개 하라고 할 때부터 마지막 질문은 반호준이야, 이렇게 머릿속에 딱 정해져 있었거든."

"돈이라도 꿔 줬어?"

"엥, 그건 또 뭔 소리?"

"채무 관계가 있는 것도 아닌데 자동반사적으로 떠올랐다는 말을 믿으라고? 어지간히 좋아했거나 아직도 좋아하고 있거나 앞으로 좋아할 의향이 있는 게 아니라면 뭐가 있겠어. 채무 관계지."

"어휴, 이자영. 누가 전당포집 딸 아니랄까 봐."

"어휴, 마소이. 누가 시절 첫사랑 창시자 아니랄까 봐."

둘은 마주 보고 한바탕 웃었다.

"그건 그렇고, 한결 샘이랑은 무슨 일이 있었던 거야?"

"그 처녀귀신이 교회 오빠 첫사랑이더라."

"한결 샘이 시절 첫사랑……."

"짜증 나니까 처녀귀신 얘긴 스킵해."

"아, 알았어."

무안해진 소이가 입술을 한껏 말아 넣었다.

"채무 관계든 아니든 잘해 봐, 마이소이. 카드대로라면 반호준이 네 찐 첫사랑 맞는 것 같으니까."

"짜증 나니까 반호준 얘기도 스킵해. 우리 사이엔 뭔가 풀리지 않은 매듭 같은 게 있다고."

"알았다고. 우진 오빠한테 밥 먹자고 톡이나 보내야겠다. 넌 시절 첫사랑들 어떻게 정리할지 그 생각이나 해. 누가 됐든 찐 첫사랑 오게 하려면 똥차는 얼른 보내 버려야지, 안 그래?"

7

인생 최초의 남자, 일라이

집으로 돌아와 침대에 누웠지만, 소이는 쉽게 잠을 이룰 수 없었다. 타로 카드 점괘와 마지막에 자영이 한 말이 자꾸 머릿속에서 맴돌았기 때문이다. 결론은…… 7은 명백한 올해 행운의 숫자다, 그래서 시절 첫사랑도 일곱 번째가 진짜다, 진짜를 영접하려면 지나간 여섯 개의 시절 첫사랑은 쿨하게 정리해야 한다.

한 가지, 동의가 안 되는 건 반호준, 할친손 반호준이다. 소이는 반호준이 다가올 첫사랑이라고는 도저히 인정할 수 없었다.

"불현듯 반호준이 떠오른 건 억울해서야. 중고 거래 노쇼만 당해도 분이 안 풀리는데, 하물며 소꿉친구인 녀석이 몇 년 동안 노쇼였잖아."

씩씩거리며 숨을 몰아쉬던 소이가 문득 거울에 비친 자신의 모습을 보고는 화들짝 놀랐다.

'이럴 때가 아니지.'

반호준 생각을 털어 내려는 듯 고개를 심하게 좌우로 몇 차례 흔든 소이는 이내 비밀 노트를 꺼내 들었다. 여섯 개의 시절 첫사랑을 어떻게 깔끔하게 보내 줘야 할지 고민하기 위해서였다.

'자영이 말처럼 똥차는 아니지만 서둘러 빼 줘야 해. 7월이 다 가기 전에.'

그러기 위해선 비밀 노트에 적어 놓은 스토리를 완벽하게 숙지해야 한다. 상대는 누구였는지, 어떤 사랑이었는지, 남아 있는 첫사랑 아이템은 있는지.

노트의 첫 장을 펴고 일라이라는 이름 석 자를 발견하자 소이의 가슴이 미세하게 쿵쾅거렸다. 그도 그럴 것이 일라이는 소이가 생애 최초로 좋아한 남자였다. 게다가 비련의 사연도 있었다. 그가 바로 소윤 언니가 찜한 애인이었다는 것이다.

❶ 일라이(박준규), 바리스타 오빠

　　열한 살(초 4) 시절 첫사랑

　　♥ 첫사랑 아이템 : 영문 이름이 새겨진 나무 손잡이 수제 탬퍼

언니가 알면 기절하겠지만 난 그때, '블로썸'의 바리스타 일라이 오빠를 좋아했다.

초등학교 4학년 때 일이었다.

난 정말 언니랑 일라이 오빠가 사귀게 될 줄은 미처 몰랐다.

두 사람이 아무도 없는 카페에서 진한 뽀뽀를 하는 걸 보고 얼마나 큰 충격을 받았는지…….

눈앞이 캄캄했다. 이게 무슨 운명의 장난이란 말인가.

그날 오빠가 제일 아끼는 탬퍼를 훔친 건 그야말로 어린 소녀의 순간적인 충동이었다.

언니에 대한 미움, 오빠에 대한 실망감, 고백도 못 해 보고 끝나 버린 서러운 내 사랑에 대한 대가…….

훔친 탬퍼는 언니한테 들킬까 봐 신문지에 둘둘 싸서 조화 화분 아래 묻어 두었다.

솔직히 언니랑 계속 사귈 줄 알고 마음이 풀리면 몰래 가져다 놓으려고 했다.

그런데 둘이 그렇게 빨리 마침표를 찍을 줄이야. 결국 못 돌려줬다.

차인 오빠가 홧김에 신고하면 어쩌나, 경찰서에 끌려가 조사받는 꿈도 꾸었지만, 휴우, 오빠가 카페를 그만두는 바람에 한시름 놓았다.

그런데 오늘 일라이 오빠를 우연히 다시 본 것이다.

뭐에 홀린 듯 오빠가 일하는 카페까지 따라갔지만, 그냥 발길을 돌리고야 말았다.

오빠가 나를 전혀 알아보지 못하는 것 같았으므로.

좀 나이 들어 보이긴 해도 여전히 멋있어서 잠시 기분이 몽글몽글해지기도 했다.

그나저나 탬퍼는 지금이라도 돌려줘야 하나 말아야 하나.

첫사랑의 추억이니 그냥 소중히 간직할까. 기회가 되면 꼭 돌려주고 싶은데.

훔친 건 다시 한번 죄송해요.

엄청 창피합니다만, 당시 찢어지는 내 마음이 시킨 일이니 부디 용서해 주시길요.

(★왜 시절 첫사랑인가? 내 인생 최초로 좋아한 사람이니까.)

♣ ♥ ♠

침대 끝에 걸터앉은 소이는 한숨을 쉬며 일라이의 말간 얼굴을 떠올렸다.

초등학교 4학년 때 '마소이 인생 최초의 시절 첫사랑'이었던 일라이.

그와 다시 마주친 건 6학년 초가을이었다. 큰 키에 어깨에 닿을락 말락 한 그레이 톤의 긴 머리를 멋스럽게 반 묶음 한 헤어스타일 덕분에 2년가량이 흘렀는데도 그를 쉽게 알아볼 수 있었다. 일라이는 바리스타로 일할 때 쓰는 예명이었다.

'이, 일라이 오빠잖아!'

그는 횡단보도에서 껄렁하게 주머니에 손을 찌른 채 초점 없는 눈으로 신호등만 보고 있었다. 소이가 있는 힘껏 눈 화살을 쏘았는데도 눈치채지 못했다. 소이는 그가 길을 다 건너올 때까지 기다렸다가 뒤를 밟았다.

5분 정도 따라갔을까. 일라이가 들어선 곳은 작은 카페였다.

'카페 이름도 일라이잖아. 설마 오빠 가겐가.'

소이는 한참을 망설이다가 카페 안으로 두 발을 들였다. 어느새 검은색 리넨 앞치마를 두른 그가 눈을 내리깐 채 무심한 톤으로 인사를 건넸다.

"어서 오세요. 주문하시겠습니까?"

예나 지금이나 건조하기 이를 데 없는 목소리였다. 소이는 멈칫했다.

'못 알아보면 어쩌지? 괜히 들어왔나?'

갈등하던 그때 여자 손님 두 명이 시끌벅적 수다를 떨며 카페로 들어섰다.

"여기 바리스타님 최애 커피가 에스프레소 로마노래. 먹어 볼래?"

"오, 노, 노. 레몬 투하한 에스프레소라니 상상만 해도 시고 쓰다. 난 역시 보드라운 풍미가 딱이야. 커피도, 사랑도. 킬킬. 그래서 카페라테."

"그럼 연유나 돌체라테를 먹지 그래?"

"단건 도파민 생성 주범이잖아. 중독성 있어서 별로야."

두 여자가 어수선하게 떠드는 틈을 타 소이는 얼른 가게 밖으로 나왔다. 아무래도 저 여자 중 한 명도 과거의 소윤 언니처럼 일라이한테 푹 빠진 것 같았다.

'에스프레소 로마노 같은 소리 하고 있네.'

머릿속에서 또 다른 소이가 냉정하게 말했다. 소윤 언니도 일라이 때문에 저놈의 에스프레소 로마노를 줄기차게 사 마셨지, 아마? 당시엔 무슨 뜻인지, 어떤 맛인지도 몰랐던 에스프레소 로마노는 이제 커피 하면 제일 먼저 떠오르는 단어가 됐다. 이것도 일종의 초두 효과인가.

소윤의 첫사랑이었던 일라이는 아파트 산책로 입구에 있었던 아담한 카페 '블로썸'의 간판 바리스타이자 소윤이 다니던 대학교 복학생 선배였다.

'마소윤이 블로썸에 드나들기 시작했던 게 언제였더라? 맞다, 봄이었어. 할머니가 랩처럼 〈진달래 진달래 당진 면천 갓 붉은 진달래〉 하던 3월 말!'

소이가 초등학교 4학년이던 그때, 칠순이 코앞이었던 할머니는 몇 날 며칠 어린 소이를 붙들고 고향 면천으로 진달래 꽃구경을 가야 한다며 볼멘소리를 했었다.

정말이지 풀방구리 쥐 드나들듯 소윤은 틈만 나면 블로썸에 갔다. 소윤이 혼자 갔다면 일라이가 비밀 노트의 첫 번째 주인공이 되지는 않았을 것이다. 혼자 가기 민망한 소윤은 어떻게든 소이를 데리고 가려고 용돈깨나 털어야 했다.

"싫어. 초딩인 내가 카페를 왜 가?"

"주스도 있고 케이크도 있어. 커피만 있는 건 아니라고."

"나 주스랑 케이크 사 주려고 가자는 거야?"

"그런 것도 있고 다른 것도 있고……."

"웃기시네. 남자 만나러 가는 거잖아."

"어유, 이 코딱지만 한 게 언니한테 못 하는 소리가 없네."

"그럼 혼자 가든가."

"좋아. 그럼 숙제랑 5,000원 콜. 갈 거지?"

"그럼 숙제에 5,000원에 내 방 출입 금지까지."

"그러든가. 초딩 방 뭐 볼 게 있다고."

"맨날 뒤지는 거 내가 모를 줄 알고?"

"네, 네, 이젠 발걸음도 안 하겠습니다, 소이 공주님."

소윤은 터울이 꽤 많이 지는 어린 동생을 부모님 대신 돌봐 주는 착한 언니 흉내를 냈다. 어떨 땐 커피숍에서 수학 숙제를 도와주기도 했고. 돈이 걸린 이상 소이도 자신의 소임을 다했다. 어렸지만 그 정도 눈치는 있었다.

일라이는 그때도 앞머리를 길게 내려뜨린 채 그레이 톤의 머리카락를 반으로 묶은 헤어스타일을 고수했다. 게다가 도회적인 매력까지 풍기니 인기가 더 많았다. 2, 30대 아가씨들은 물론, 동네아주머니들도 환호했다. 뭐 일부 아저씨들이 알바생 주제에 너무도도하네, 바버숍도 아니고 뭔 놈의 이름이 일라이냐, 본명은 춘삼이나 영구일 수도 있다며 못마땅해했지만. 그래도 "커피가 정말 맛있다"에는 의견 일치를 보았다.

처음 한 달 동안은 언니의 등쌀에 아르바이트 개념으로 따라가 주었지만, 어느샌가 하루라도 일라이를 보지 않으면 서운했다. 쌍꺼풀 없이 길고 또렷한 고양이 눈매에 날렵한 외모가 어딘지 모르게 차가운 분위기를 자아냈지만, 웃을 땐 정반대로 두 뺨에 보드라운 볼우물이 움푹 파여 보는 이를 저절로 무장해제시키는 아이러니한 외모의 오빠였다.

그런 일라이를 보다가 같은 반 남자아이들을 보면 찌그러진 오징어를 보는 것처럼 한숨이 절로 나왔다. 다른 반이 됐는데도 숙제를 같이하자며 줄기차게 찾아오는 할친손 반호준도 시시하기는 마찬가지였고.

어느덧 소이는 소윤이 없는 날에도 블로썸에 가 출석 도장을 찍게 되었다. 돈은 다소 여유가 있었다. 그동안 언니한테 받은 돈을 차곡차곡 모아 둔 덕분이었다.

일라이는 남들한테는 대체로 굴곡 없는 건조한 말투를 고수했지만, 어느 때부터인가 어린 소이에겐 세상 달달했다.

"우리 소이, 오늘도 일라이라테 줄까?"

우리 소이라니, 이 얼마나 낭만적이고 달콤한 호칭이란 말인가.

소이는 일라이가 만들어 준 일라이라테를 마시며 그가 커피 내리는 모습을 가만히 쳐다보곤 했다. 일라이라테란 자신의 예명 일라이를 붙인 어린이 메뉴 중 하나로, 우유 베이스에 유기농 마스코바도 설탕과 바닐라 크림으로 맛을 낸 음료였다.

문제는 소이의 가난한 주머니가 감당하기엔 꽤 비싼 메뉴라는 점이었다. 일라이가 종종 "오늘은 공짜야"라며 웃었지만, 그럴 순 없었다. 어리다는 이유로 짝사랑하는 남자에게 손해를 입힐 순 없었으니까. 그건 소이의 마지막 자존심이었다. 소이는 일라이가 신중한 눈빛으로 자신을 위해 맛있는 라테를 만드는 걸 실시간으로 감상하는 것만으로도 마냥 행복했다.

그때마다 소이의 눈에 띄는 것이 하나 있었는데, 바로 일라이가 애지중지하는 수제 탬퍼였다. 나무 손잡이 상단에 영어로 일라이가 마킹돼 있었는데, 바리스타 1급 자격증을 땄을 때 부모님이 선물해 주신 거라고 했다.

"이걸 써야 탬핑이 잘돼. 보물 1호."

소이는 일라이의 분신 같은 탬퍼가 매우 탐났다. 일라이 대신 저 탬퍼라도 내 것이 될 수 있다면, 아니 내가 저 탬퍼라면 얼마나 좋을까. 미치지 않고선 할 수 없는 부끄러운 생각들이 꼬리에 꼬리를 물고 머릿속을 떠다녔다.

그러던 중 모아 둔 용돈이 바닥나 혼자만의 블로썸 외출이 난항을 겪게 되자 언니한테 물었다.

"언니, 요샌 왜 블로썸에 안 가?"

"내가 너냐. 할 일 없이 카페나 드나들게."

이건 또 무슨 웃기는 짜장 같은 소린가. 소이는 깜짝 놀랐다. 한 달 내내 사람을 들들 볶다시피 해 매일 출석 도장을 찍은 건 자기면서 내가 너냐니. 혹시 언니가 없을 때 몇 번, 혼자 죽치고 앉아 있다가 온 걸 알아 버렸나. 그건 그렇다 치고, 낮에 먹은 에스프레소 로마노 때문에 잠이 안 온다며 좀비처럼 거실을 돌아다닐 땐 언제고, 벌써 그 풋풋했던 감정이 식은 커피처럼 떨떠름해진 건가.

어린 동생을 자신의 사악한 욕망의 도구로 쓸 만큼 여우 같은 소윤이 왜 갑자기 블로썸으로 가는 발길을 딱 끊었는지 소이는 며칠 뒤 그 이유를 알게 되었다.

♣ ♥ ♠

그날도 어린 소이는 일라이가 보고 싶어 블로썸 뒤편의 측백나무 울타리를 맴돌았다. 비상금도 떨어져 혼자 일라이라테를 먹으러 갈 수도 없었다. 할친손 호준의 주머니라도 털어 가 보려고 했으나 녹록지 않았다.

"카페 말고 롯데리아에 가는 건 어때? 토네이도 아이스크림 정도는 사 줄 수 있어."

'어휴, 유치한 코흘리개 초딩 같으니라고. 난 일라이 오빠가 만들어 준 일라이라테가 먹고 싶다고!'

소이는 일라이가 교대하는 시간에 맞춰 측백나무 뒤에 몸을 숨긴 채 블로썸의 문이 열리기만을 뚫어져라 보고 있었다. 드디어 저 멀리서 일라이가 가게를 향해 걸어오는 게 보였다. 남들은 '초딩 4학년 주제에'라고 놀리고도 남겠지만, 당시 소이는 심장이 터질 것만 같다는 드라마 대사를 이해할 수 있었다. 정말로 심장이 터질 것 같았으니까.

교대를 한 주인아저씨가 나가자 앞치마를 입은 일라이가 카페 문 앞으로 와 두리번거리기 시작했다. 바로 그때, 어디서 나타났는지 소윤이 짧은 치마를 펄럭거리며 블로썸으로 뛰어가는 게 보였다.

'마, 마소윤 아냐? 대체 언니가 왜?'

소이의 머릿속 말풍선을 비웃기라도 하듯 둘은 손깍지를 낀 채 카페 안으로 들어갔다. 뒤이어 짤랑, 하는 문에 달린 종소리가 울렸다. 이내 문밖으로 고개를 빼꼼히 내민 일라이가 단속하듯 주변을 한 바퀴 둘러보는 모습도 보였다.

소이는 뭔가 예감이 좋지 않았다. 설마 하는 표정으로 키 큰 측백나무 뒤에 숨어 카페를 지켜보는데 심장이 몹시 두근거렸다.

헉! 둘은 유리로 된 카페 현관문에 기대어 입술을 포개고 있었다. 티브이 말고 눈앞에서 키스하는 걸 본 건 열한 살 인생 최초의 일이었다.

소이는 큰 충격을 받았다. 아는 사람 둘이서 입술을 비비적거리는 게 징그러워서였는지, 다른 사람도 아닌 소윤 언니한테 일라이를 뺏긴 게 못내 억울해서였는지, 아니면 둘 다였는지 설명할 길은 없지만 어쨌든.

그날 이후 소이는 소윤의 얼굴을 똑바로 쳐다보지 않았다.

"야, 물 좀 떠 와."

그러면 들으라는 듯이 문을 쾅 닫고 방으로 들어갔다. 분을 못 이긴 소윤이 방문을 세게 두드렸지만, 소이는 귀를 틀어막은 채 꼼짝도 하지 않았다.

"엄마, 쟤 벌써 사춘기야? 왜 저래?"

찢어질 듯한 소윤의 목소리는 방문까지 뚫을 기세였다.

'왕여우 같으니라고.'

콧방귀를 뀌어도, 속으로 욕을 퍼부어도 언니에 대한 섭섭함은 사라지지 않았다. 언니한테 홀딱 넘어간 일라이 오빠에 대한 실망 감 역시 마찬가지였다.

며칠 뒤 참다못한 소이는 돼지 저금통을 깬 돈을 가지고 블로썸 으로 갔다. 둘이 사귀는 게 맞는지 직접 확인을 해야만 잠이 올 것 같았다. 키스를 한 걸 눈앞에서 목격했는데도 소이는 믿고 싶지가 않았다. 보고도 믿지 못하는 어리석은 마음이라니. 혹시 이런 게 사랑인 건가.

마침 일라이는 혼자 가게를 지키고 있었다. 사람들이 몰려들기 엔 다소 이른 시각이었다.

"우리 소이, 왜 이렇게 오랜만이야?"

'쳇, 언니한텐 우리 소윤이라고 할 거면서.'

막상 잘생긴 일라이의 얼굴을 보고 나니 주책맞게 가슴이 뛰었다. 소이가 수줍게 웃으며 일라이라테를 주문하려는데 일라이의 휴대폰이 울렸다. 어린 손님은 안중에도 없다는 듯 휴대폰에 얼굴을 파묻다시피 한 채 속닥거리는 일라이를 보니 소이는 속에서 천불이 났다. 통화 상대가 누구인지는 안 봐도 뻔했고.

"소이야, 5분만 가게 좀 봐 줘. 5분만."

일라이가 휴대폰을 들고 사라지자 소이는 더 이상 참을 수가 없었다. 5분만 가게를 봐 달라고 했지만 그럴 생각이 추호도 없었다. 소이는 일라이가 애지중지하는 수제 탬퍼를 손에 쥔 채 냅다 집을 향해 뛰었다.

그날, 일라이의 온기가 고스란히 묻어 있는 탬퍼를 자신만 아는 비밀 장소에 숨겨 놓은 것으로 열한 살 시절의 첫사랑을 가슴에 묻기로 한 소이는 저녁도 거른 채 방에서 나오지 않았다.

언니가 방문을 부술 듯이 걷어차면 어쩌지. 열받은 언니가 좁쌀만 한 게 언니 남친을 넘봐? 고래고래 소리를 지르면 어쩌지. 방을 뒤져서 탬퍼를 찾아내면? 온갖 걱정이 줄기차게 이어졌지만, 다행히 그런 일은 일어나지 않았다.

두 달쯤 지난 뒤, 다행인지 불행인지 소윤은 일라이에게 이별을 선언했다고 했다. 이유를 묻자 자신의 이름을 내건 카페를 차리는 게 꿈이라는 소리에 정나미가 떨어졌다나 뭐라나. 소이가 문제의 키스 장면을 목격한 측백나무 울타리 사이사이 하얀 수국이 갓 튀긴 팝콘처럼 탱글하게 부풀어 오른 초여름의 일이었다. 일라이가 블로썸을 그만둔 것도 그즈음이었다.

♣ ♥ ♠

탬퍼를 돌려줘야 할 것 같아 고민스러웠지만, 블로썸에서 일라이가 사라지자 죄책감도 희미해져 갔다. 게다가 2학기가 되니 숙제하랴, 학원 다니랴, 틈틈이 뛰어놀랴, 사는 게 너무 바빠서 탬퍼를 훔쳤다는 사실조차 서서히 잊어버리고 말았다.

그런데 2년 뒤 성수동 건널목에서 일라이를 다시 맞닥뜨리면서 탬퍼에 대한 기억도 반사적으로 되살아났다. 바로 그날, 일라이를 다시 본 6학년 초가을부터 시절 첫사랑에 관한 비밀 노트를 끄적이게 되었다. 맨 아래에 별표 표시와 함께 덧붙인 첫사랑의 이유는 중3 때 한결 샘 때문에 추가한 것이고.

두 번째 첫사랑 이야기를 읽으려는데 소윤 언니한테 전화가 왔다.

"왜?"

흥이 깨진 데다 일라이를 보기 좋게 도둑맞았던 일이 떠올라 소이의 말투는 뾰족해져 있었다.

"엄마랑 아빠 왔어?"

"아직."

"전에 형부랑 나 싸웠다는 거, 절대 말하지 마."

"아, 몰라. 싸우질 말든가."

"왜 또 까칠해. 우리 사랑이 놀라겠다."

순간 소이의 눈동자가 두 배로 커졌다.

'쳇, 불리할 때마다 사랑이 타령은.'

생각은 그렇게 했지만, 조카 소리만 나오면 언제나 한풀 꺾이고 말았다.

"말 안 해. 걱정 말고 얼른 끊어. 친구한테 전화 오기로 했어."

"이 밤중에 누구랑……."

소이는 펼쳤던 플립폰을 소리가 나도록 반으로 뚝 접었다. 여하튼 성가시다니까. 태교만 아니면 아예 대꾸도 안 하는 건데. 8월에 태어날 사랑이 생각을 하니 마음에 붙었던 불이 조금씩 사그라드는 느낌이었다.

'그나저나 마소윤, 내가 다 봤거든? 일라이 오빠랑 찐하게 입술 박치기하던 거.'

대놓고 형부가 첫사랑이라며 거짓말을 일삼는 언니. 얄미운 언니의 비밀을 알고 있다고 생각하니 조금 위안이 됐다.

'또 한 번 내 방 뒤지기만 해 봐. 확 다 불어 버릴 테니까.'

불어 버릴 확률이 거의 제로라는 걸 알면서도 소이는 기분이 좋아졌다.

다시금 시절 첫사랑 생각에 빠져 방 안을 왔다 갔다 하는데 하천 변으로 산책을 나갔던 엄마와 아빠가 돌아오는 소리가 들렸다.

소이는 문을 빼꼼히 열고 "언니한테 전화 왔었어, 안부 전화"하고는 얼른 다시 방문을 닫았다. 엄마 아빠는 익숙한 듯 더 이상 캐묻지 않았다. 시계를 보니 열 시 반이었다.

'우선 자자. 한숨 자면 머릿속이 맑아지겠지. 젠장, 시절 첫사랑도 곱씹다 보니 피곤하네.'

8
두 번째 시절 첫사랑, 야구부 그 녀석

목요일 아침, 소이는 시끄러운 알람 소리에 눈을 떴다.

허리를 펴고 앉아 책상 위에 놓인 베이비 플라워 조화 화분을 보는 소이의 눈이 갑자기 일자가 됐다. 화분 안에 일라이의 탬퍼를 숨겨 두었다는 게 느닷없이 떠올랐기 때문이다.

6학년 때 일라이와 다시 마주친 뒤부터 종종 '오빠한테는 엄청 소중한 물건인데 이제라도 돌려주는 게 맞지 않을까?' 하고 갈등했다. 하지만 도저히 이실직고할 용기가 나지 않아 매번 머리만 쥐어뜯다 말았다. 그렇다고 갖다 버리면 벌 받을 것 같고.

'우선 나머지 첫사랑들을 다 읽어 봐야겠어. 그런 다음에 결정하자.'

소이는 얼른 생각을 정리했다. 실마리도 안 잡히는데 머리 아프게 고민해 봤자 배만 고플 터였다. 소이는 가슴속 이물감을 털어 내기라도 하듯 몇 차례 세게 헛기침을 하며 비밀 노트 11쪽을 펼쳤다. 그 안에 써진 마소이의 두 번째 시절 첫사랑의 이름은 조석모, 5학년 때 이웃 학교에서 전학을 온 야구부원이었다.

♣ ♥ ♠

지금으로부터 5년 전, 5학년 9월. 그날은 아침부터 보슬보슬 비가 내렸다.

소이는 얼마 전 언니가 생일선물로 사 준 새 우산을 손에 꼭 쥔 채 집을 나섰다. 겉은 끄트머리에 꽃잎이 약간 흩뿌려진 분홍색이었지만, 우산살이 있는 안쪽은 군데군데 뭉게구름을 품은 파란 하늘이 펼쳐져 있는 수채화 같은 우산이었다. 그래서 비가 오는 날에도 우산 속 소이의 하늘만큼은 맑고 화사했다.

마치 노크를 하듯 톡톡톡 빗물이 떨어져 내리던 그날, 소이는 아파트 현관 입구에 서서 우산을 폈다. 예뻤다.

우산 겉면까지 안쪽처럼 쾌청한 하늘이었다면 부끄러웠을 것이다. 열두 살이나 됐는데 초등학교 저학년 아이처럼 눈에 확 띄는 우산을 쓰고 다닐 순 없으니까.

조석모가 전학을 온 것도 그날이었다.

녀석의 등장은 꽤 강렬했다. 조석모, 이준필, 구하나는 우산도 없이 하얗게 잘빠진 야구복에 짙은 파란색 야구모자를 푹 눌러쓴 채 운동장을 가로질렀다. 가느다란 빗줄기 따윈 아랑곳하지 않는다는 듯.

'뭐야, 우리 학교 야구부에 저런 비주얼은 없는데. 야구복도 달라.'

5교시가 시작되기 전이었는데 반 아이들의 눈동자가 일제히 운동장으로 쏠렸다. 셋 중에서도 조석모는 유난히 여자아이들의 시선을 끌었다. 키도 제일 컸고 언뜻 봐도 잘생긴 편이었다.

"유수초 야구부가 갑자기 해체됐다더니 여기로 전학 왔나 보네."

인기를 빼앗길 것 같은 불길한 예감 탓이었는지 반장의 목소리엔 짜증이 섞여 있었다.

"제발, 우리 반으로 와라."

"그러게!"

소이를 포함한 여자아이들의 간절한 기도가 통했는지 조석모는 소이네 반으로 배정되었다. 담임선생님이 인사를 시키기 위해 데리고 들어온 석모는 생각보다 키가 더 컸다. 족히 165센티미터는 돼 보였다. 5학년 남자아이들의 평균 키가 150센티미터 정도였으니 당시 석모가 엄청 커 보인 건 당연했다.

"유수초에서 전학 온 조석모다. 보다시피 야구부고. 포지션은 아마 내야수 중 투수라고 했지?"

석모가 빗물에 젖은 모자를 벗고 꾸벅 인사를 했다. 눈은 좀 처져 있었지만 갸름한 얼굴형에 코가 오뚝한 게 누가 봐도 잘생긴 녀석이었다. 게다가 키까지 훌쩍 크니 소이의 눈엔 동급생이 아니라 동네 중학생 오빠처럼 보였다.

담임선생님이 칠판에 조석모, 세 글자를 크게 썼다.

"쓰는 건 석모지만, 읽을 땐 성모라고 하지. 바로 자음동화야. 기역, 키읔, 쌍기역이 니은, 리을, 미음 위에서 비음화돼 이응 소리로 바뀌는 것 말이야."

아니, 전학 온 조석모를 뻘쭘하게 세워 두고 저게 할 소린가. 다행히 석모의 얼굴은 빨개지지 않았다. 다 귀찮다는 듯 그저 멍한 표정이었다.

키득키득, 몇몇 아이들이 소심하게 웃었다. 대부분 담임선생님의 황당한 설명을 찰떡같이 알아들은 똑똑이들이겠지.

아무튼 그날 이후 석모의 별명은 '자음동화'가 됐다. 정작 조석모는 자음동화가 뭔지, 비음화가 뭔지 알지도, 알고 싶어 하지도 않았지만.

어색한 소개가 끝난 뒤 자음동화는 성큼성큼 걸어와 소이의 뒷자리에 앉았다. 원래 빈자리는 소이 뒤의 옆자리였다. 그런데 그자리의 수아가 갑자기 무슨 변덕이 났는지 옆으로 덥석 옮겨 앉는 바람에 석모가 소이의 등 뒤에 앉게 된 것이다.

석모가 자신의 뒷모습을 정면으로 보고 있다고 생각하니 소이는 기분이 묘했다. 그런 소이의 기분을 알 리 없는 석모는 담임선생님이 나가자마자 책상에 풀썩 엎드렸다.

이후로도 석모는 틈만 나면 잤다. 공을 던지는 것 외엔 관심을 주는 것도, 관심을 받는 것도 부담스러운 눈치였다. 말수도 거의 없었다. 전학 온 지 한 달 반이 훌쩍 넘었는데도 소이와 석모는 대화다운 대화를 한 번도 나눈 적이 없었다. 가정통신문이나 시험지를 뒤로 넘길 때도 소이는 고개를 돌리지 못했다. 관심 있는 자신의 속마음을 들킬까 봐서였다. 아무튼 석모는 과묵한 게 더 멋져 보였는지 여자애들한테 인기가 많았다. 적극적인 여자아이들은 석모의 책상 속에 쪽지를 매단 에너지바 등을 넣어 뒀다. 그러면 석모는 에너지바만 우걱우걱 씹어 먹었다.

그런데 녀석과 한 걸음 가까워진 계기가 있었다. 바로 소이의 우산 덕이었다.

그날도 비가 부슬부슬 내리는 가을날이었다. 소이는 귀한 우산이 없어지기라도 할까 봐 교실 뒤 우산 보관함에 두지 않고 책상 옆 고리에 잘 걸어 두었다. 그것도 손수건으로 물기를 닦고 착착 잘 접어 똑딱이 단추까지 단단히 채워서.

역시 석모는 전학 온 첫날처럼 가랑비를 고스란히 맞고 교실로 들어왔다.

'자음동화 쟨 왜 저렇게 비를 맞고 다니는 거야?'

오후가 되자 빗줄기가 굵어졌다. 과묵하기 짝이 없던 석모가 조용히 소이의 등에 노크를 한 것도 바로 그 시점이었다.

"마소이, 저기 마소이."

소이는 석모를 신경 쓰고 있던 자신의 마음을 들킨 것 같아 얼굴이 불에 덴 듯 붉어졌다.

"뭐, 뭔데?"

소이는 애써 무심한 척하며 뒤를 돌아보았다.

"마소이, 네 우산 좀."

"우산? 내 우산? 빌려 달라고?"

"응."

보통 이럴 땐 미안한데 우산 좀 빌릴 수 있을까, 이렇게 하지 않나. 앞뒤 다 떼어먹고 자기 하고 싶은 말만 하는 저 녀석을 난 왜 이렇게 좋아하는 걸까.

다른 아이였다면 선뜻 내주지 못하고 한참을 망설였을 것이나 석모였다. 소이는 마다할 이유를 찾지 못했다. 예의 없이 다짜고짜 빌려 달라고 요점만 간단히 말했는데도 손이 자동반사적으로 우산으로 향했다. 소이는 빨개진 얼굴을 들키지 않으려고 고개를 푹 숙인 채 우산을 건넸다.

"어, 언제 주, 줄 건데?"

더듬거리는 소이의 말투가 웃겼는지 석모가 피식 웃으며 한마디했다.

"이따가."

우산을 주고받느라 둘의 손등이 살짝 스쳤다. 소이의 심장이 콩콩콩 뛰었다. 왜 하필 내 우산일까. 짝꿍 수아도 있고, 석모의 열성 팬인 여름이도 있는데.

'우산을 펼쳐 든 순간, 석모도 보겠지? 나만의 파란 하늘을.'

사방이 온통 회색빛 일색인 우중충한 그날, 도화지에 그린 하늘처럼 '파란 하늘 뭉게구름'을 본 사람은 석모와 나 둘뿐이라고 생각하니 가슴이 다 벅차올랐다.

그러나 교실 청소가 모두 끝나 부풀어 오른 마음이 터져 버리기 일보 직전이 되기까지 녀석은 교실로 돌아오지 않았다. 석모는 5교시가 끝나자마자 소이의 우산을 들고 야구부 실내 연습장으로 나갔던 것이다.

조금 전까지만 해도 석모의 체취가 묻은 우산을 쓰고 학원에 갈 상상을 하니 기분이 들썩였는데, 지금은 신문지 같은 걸 뒤집어쓰고 학원까지 뛰어갈 생각이 끼어들어 심란해졌다.

"마소이, 학원 안 가?"

복도 창가에서 팔짱을 낀 채 잔소리를 한 건 다름 아닌 반호준이었다.

"오늘은 먼저 가."

"왜?"

"그냥 먼저 가. 오늘 하루 같이 안 간다고 죽냐, 죽어?"

소이는 애먼 호준한테 성질을 부리면서도 미안한 마음은 하나도 들지 않았다. 한마디로 소이한테 호준은 속마음을 걸러 내는 수고 따위는 하지 않아도 되는, 세상에서 가장 만만한 친구였다.

"학원 빠지려고?"

소이가 또 학원을 빼먹을까 봐 걱정돼서 물어본 건데, 되돌아온 반응은 호준의 예상보다 훨씬 더 차갑고 삐딱했다.

"쳇, 다찍못, 나못격 같으니라고."

"다찍못, 뭐? 그건 또 무슨 희한한 외계어냐."

"다찍못, 나못격이라고. 다른 사람들한텐 찍소리도 못 하면서 나는 못 잡아먹어 안달인 이중인격의 결정체란 뜻이지."

호준은 너무 어이가 없어 웃음이 터졌다. 저걸 지어내느라 얼마나 머리를 굴렸을까.

그때 석모가 느릿느릿 교실로 들어왔다. 소이는 흠칫 놀랐다. 설마 호준이와 나를 오해하는 건 아니겠지? 그러면 곤란한데.

당황해하고 있는데 석모가 비닐봉지에 든 우산을 내밀었다. 역시 미안하다는 소리는 생략이로군.

"마소이, 네 우산, 주장 형이 잠깐 빌려 갔어. 대신 이거 쓰고 가. 네 건 내일 줄게."

앗, 이런! 우산 속 파란 하늘 뭉게구름은 석모한테만 보여 주고 싶었는데. 석모는 소이와 호준을 번갈아 가며 쳐다보더니 예의 그 뭉그적대는 걸음걸이로 천천히 두 사람의 시야 밖으로 사라졌다.

석모의 뒷모습이 보이지 않을 때까지 잔뜩 얼음이 되어 있던 소이는 호준이 노려보고 있다는 것조차 까맣게 몰랐다.

비닐봉지에서 우산을 꺼내자 물기가 뚝뚝 떨어졌다. 석모가 쓰고 온 탓이리라. 소이의 우산과 같은 2단 접이식이었는데 펼쳐보니 '유수초등학교 야구부' 글자와 학교 로고가 인쇄돼 있었고 그 옆에 조그맣게 '조석모'라는 매직 글씨가 씌어 있었다.

'석모 우산이잖아!'

기분이 좋아진 소이는 교실에서부터 활짝 우산을 펼친 채 학원 갈 준비를 했다. 호준의 따가운 시선을 느꼈지만 어쩔 수 없는 일이었다.

'우산이 좀 거지 같긴 하지만…… 그래도 석모 우산이 내 차지가 되다니. 뭔가 운명 같아!'

♣ ♥ ♠

다음 날, 하늘은 우산 속 그림처럼 개어 있었다.

소이는 석모의 야구부 우산을 잘 접어 가방 속에 넣어 두었다. 석모를 만나면 맞교환하리라 생각하면서.

그런데 석모가 뒷머리를 긁적이며 난감해하는 게 아닌가. 역시 미안하다는 말머리는 싹뚝 잘라먹은 채.

"주장 형이 안 갖고 왔대. 나중에 줄게. 대신 내 우산 네가 써라."

그 소리에 대충 상황을 짐작했는지 자영이 발끈했다.

"야, 조석모! 소이 우산 선물 받은 거래. 그걸 남한테 빌려 주면 어떡하냐."

우산이라는 매개체로 소이와 석모가 연결되는 게 싫어서 하는 소리였겠지만, 어느 정도 맞는 말이긴 했다. 소이의 우산과 석모의 우산은 가격으로나 디자인으로나 비교 대상이 못 되었다. 소윤 언니가 알면 당장 찾아오라며 신경질을 부릴 게 뻔했다.

"알겠음."

어쩔 줄 몰라하고 있는데 석모가 심드렁하게 한 마디 던지고는 그대로 책상에 엎어졌다.

언니한테 들키면 시끄러워질 것 같아 심란하면서도 석모의 우산을 계속 가지고 있을 수 있다고 생각하니 좋기도 했다.

문제는 그다음 날부터 석모가 경기 참가 차 지방으로 내려갔다는 사실이다. 소이는 한동안 석모를 만날 수 없었다. 게다가 석모가 다시 학교로 돌아왔을 땐 자리 배치도 완전히 뒤바뀌어 있었다. 소이는 앞에서 세 번째 줄, 석모는 맨 뒷줄로. 틈틈이 우산 이야기를 꺼내 보고자 기회를 엿보았으나 여의치 않았다. 자영한테 부탁해 볼까도 싶었지만, 이내 머리를 흔들었다. 수다스러운 자영이 눈치를 채고 "너, 조석모 좋아하는구나?" 할까 봐 솔직히 겁났다.

그러던 중 짙은 파스텔 톤 같은 하늘에서 가을비가 주룩주룩 내리던 어느 날, 교문 앞에서 우연히 석모와 마주쳤다. 아니, 마주쳤다는 말은 좀 어폐가 있다. 소이만 석모를 보았으므로. 충격적인 건 석모 옆에 다른 여자아이가 있었다는 사실이다. 더 놀라운 건 그 여자아이가 쓴 우산이 바로 소이의 우산이었던 것이다. 큰 충격을 받아 얼음이 되어 버린 소이와는 달리 석모의 시간은 달달하게 흘러가고 있었다.

'뭐야, 저 자식. 내 우산을 자기 여친한테 씌워 준 거야?'

말수도 적고 무심하긴 했지만, 저렇게까지 치사한 녀석이라곤 생각하지 못했는데. 소이는 섭섭함과 실망감에 눈물이 왈칵 쏟아질 것만 같았다. 버젓이 여친이 있는 녀석을 두고 대체 그동안 무슨 상상을 했던 건지.

교실로 돌아오니 반 여자아이들이 시끌벅적했다.

"유수초 여친이라며? 계집애, 겁나 예쁘게 생겼던걸."

"오늘 유수초 현장체험학습 날인데 비가 많이 와서 일찍 끝났대. 김밥 가져다주러 왔다나 뭐라나."

다들 저런 소식은 어디서 주워듣는 건지. 그나저나 우산을 돌려받아야 할지 그냥 넘어가야 할지 도통 감이 잡히지 않았다. 괘씸했지만 따져 묻자니 구차하고 그냥 넘어가자니 분했다.

소이는 우울한 마음을 안고 집에 돌아왔다. 웬일로 소윤이 집에 있었는데, 소이가 자신이 선물한 우산이 아닌 다른 걸 우산꽂이에 꽂는 걸 발견하고는 눈이 졸린 고양이 눈처럼 가느다래졌다.

"마소이 어린이, 내가 선물한 우산은 왜 안 써?"

양심에 찔렸지만, 순순히 모든 사실을 털어놓을 순 없었다. 동시에 뭐 하나 꼬투리를 잡았다 하면 그냥 못 넘어가는 언니의 집요한 성격도 짜증스러웠고. 그래서였는지 불똥이 소윤한테 튀었다.

"5학년이나 됐는데 그렇게 유치한 우산을 어떻게 쓰고 다녀?"

"유치하다니! 얼마나 우아하고 창의적인데! 좋다고 펄쩍펄쩍

뛴 게 불과 두 달 전이라고!"

"그땐 그때고 지금은 아니라는데 왜 시비야."

소윤은 정말 화가 난 것 같았다. 소이도 선을 넘었다 싶었지만
물러서기도 애매했다.

"그냥 물어본 건데 왜 이렇게 화를 내? 설마, 잃어버렸냐?"

"아니라고! 그만 좀 물어봐. 짜증 나 죽겠으니까. 우산 하나 사
주고 왜 이렇게 생색이야!"

참으려고 했는데 그만 울음이 터져 버렸다. 소윤은 무안함에 얼
굴까지 벌게졌다. 부엌에서 엄마가 뛰쳐나와 소이를 다독이자 소
윤은 고개를 휘저으며 자기 방으로 사라졌다.

비밀 노트엔 이렇게 적혀 있었다. 시절 첫사랑 최초로 정산이
필요한 관계라고.

❷ 조석모, 야구부 내야수 투수

열두 살(초 5) 시절 첫사랑

♥ 첫사랑 아이템 : 유수초 야구부 우산. 이 우산 돌려주고 내 우산 돌
려받아야 함.

조석모의 등장은 매우 강렬했다. 동급생 중 키가 가장 컸고 얼굴도
잘생겼으니까.

무엇보다 야구복과 야구모자를 쓴 모습이 멋졌다.

그 애가 내 뒷자리에 앉게 되자 세상이 다 변한 것 같았다.

그 애 때문에 설렘과 두통이 찾아왔을 만큼. 말 한마디 제대로 주고 받지 못했지만 석모의 존재감이 등 뒤에서 느껴져 학교생활이 즐거웠다.

시험지를 뒤로 넘길 때는 침을 묻히지 않으려고 엄청나게 노력했고, 선생님의 부름을 받고 앞으로 나가거나 할 땐 한 발짝 한 발짝 조심스레 걸었으며, 머리 냄새가 나지 않도록 매일 머리도 감았다. 언니 샴푸로.

그런데 그렇게 좋아했던 석모가 내 소중한 파란 하늘 뭉게구름 우산을 자기 여친한테 줬을 줄이야.

아이들 말로는 전학 오기 전부터 사귄 여자애라고 했다.

그 예쁜 애가 내 우산 속에서 파란 하늘 뭉게구름처럼 환하게 웃고 있는 걸 보자니 다리의 힘이 다 풀렸다.

조석모 이름이 적힌 우산을 대신 받았을 땐 혹시 나를 좋아하는 건 아닌가, 일부러 내 우산을 가져가고 자기 우산을 준 건 아닌가 하는 생각까지 했었는데.

아무한테도 말을 안 했기에 망정이지 만약 털어났더라면 얼마나 창피했을까.

1년 내내 이불킥을 해도 모자랐을 것이다. 죄 없는 언니한테 있는 대로 성질을 부린 건 여전히 미안하다.

한 가지 또 걸리는 건, 할친손 반호준이다.

내 우산 대신 석모의 우산을 받은 걸 그 녀석이 다 봤는데. 설마, 내 마음을 읽어 버린 건 아니겠지?

아무튼 나의 5학년 가을, 첫사랑은 그렇게 막을 내렸다. 먹구름처럼 까맣게.

(★왜 시절 첫사랑인가? 최초로 정산이 필요한 관계랄까. 석모와 난 서로 주고받을 게 남아 있다. 줄 건 주고 받을 건 확실하게 되돌려받는 것, 경영지원실에서 근무하는 아빠는 그걸 '정산'이라고 했다.)

9
세 번째 시절 첫사랑, 송인섭

여기까지 읽은 소이는 탁 소리가 나도록 노트를 접어 가방에 넣었다. 지각하지 않으려면 지금부터 뛰어야 했다. 소이는 엄마가 입에 물려 준 베이글을 씹으며 학교를 향해 잰걸음으로 아파트 경사로를 내려갔다.

교실 안, 커다란 핑크색 헤어롤로 앞머리와 옆머리를 만 자영이 사극 말투로 헉헉거리는 소이를 맞았다.

"어서 오시게."

얼핏 보니 자영의 올록볼록한 헤어롤이 마치 조선시대 여인들이 즐겨 쓰던 가체처럼 보였다.

"자영 마님, 안녕! 롤이 대체 몇 개야?"

"오늘 우진 오빠랑 첫 데이트 하기로 했거든."

"첫 데이트? 저, 그러니까 혹시 우진 오빠 생각도 너랑 또, 똑같은 거 마, 맞냐?"

"마이소이! 타로 카드 기억 안 나? 우진 오빠는 분명 나의 새로운 첫사랑이라고."

"아, 네, 네. 여부가 있겠습니까."

키들거리던 소이의 머릿속에 송인섭, 세 글자가 떠올랐다. 자영은 인섭에게도 매우 적극적이었다. 언제나처럼, 딱 지금처럼 상대방에게 다가서는 걸 부끄러워하지도 두려워하지도 않았다.

6학년 때도 같은 반이 된 소이와 자영은 둘 다 동시다발적으로 인섭을 좋아했다. 그럴 만했다. 인섭은 요즘 말로 '핵인싸'였다. 이웃 중학교 체육 선생님 둘째 아들이었는데, 꽃미남은 아니었지만 멀끔하게 생긴 호감형인 데다 운동도 잘하고 옷차림도 깔끔해 인기가 많았다.

소이는 자영처럼 자아도취가 하늘을 찌르는 스타일이 못 됐다. 자영은 인기가 많은 아이는 아니었지만 늘 당당했다. 심지어 자신이 '넘사벽'이라 남자아이들이 감히 대시를 못 한다는 믿지 못할 이야기도 서슴지 않았다. 그만큼 포기도 빨랐고, 초등학교 졸업 후 4년 만에 다시 같은 반이 됐지만, 자영은 변한 게 거의 없었다.

소이는 자영의 단발머리와 인섭의 뽀얀 얼굴이 겹쳐지자 피식 웃음이 났다.

♣ ♥ ♠

6학년 5반이 되던 첫날부터 인섭은 소이의 눈에 확 띄었다. 그러나 1학기 내내 소이는 맨 왼쪽 줄, 인섭은 맨 오른쪽 줄에 앉았기에 서로 마주칠 일이 많지 않았다.

딱 한 번, 미술 시간에 담임선생님이 소이의 그림과 인섭의 그림을 나란히 칠판에 붙여 놓고 상상력이 뛰어나다며 칭찬을 해 준 적이 있었다. 그때 소이는 인섭의 고백이라도 받은 것처럼 가슴이 뛰었다. 겨우 그림 한 장 같이 붙었을 뿐인데.

선생님은 소이와 인섭을 따로 불렀다.

"이 그림을 환경미화용으로 교실 뒤에 붙이면 좋겠어. 둘 다 참 잘 그렸다."

인섭의 그림은 볼펜 한 자루로 그린 자화상이었다. 우주정거장 같은 배경에 농구공을 쥔 자신의 모습을 교묘하게 새겨 넣어 판타지 만화 같은 느낌을 한가득 주었다.

소이의 그림은 사실 소윤의 아이디어였다. 점수를 잘 받으려면 무조건 눈에 띄어야 한다며.

"그러니까 어떻게?"

그러자 소윤은 이것저것 심부름을 잔뜩 시켰다. 치사하지만 시키는 대로 하는 수밖에. 온갖 잡스러운 심부름을 시킨 소윤은 발가락 끝으로 고흐의 〈해바라기〉가 그려진 35피스짜리 사각 퍼즐을 무성의하게 가리켰다. 초등학교 2학년 어린이날, 소윤이 있는 대로 생색을 내며 사다 준 선물이었다.

"주제가 자화상이라고 했냐? 그럼 저 퍼즐처럼 그려 봐. 여러 조각의 나를 다 합쳐야 비로소 내가 완성된다, 뭐 그런 의미로다가. 어때, 끝내주지?"

눈에 잡히는 대로 대충 얘기한 것이었겠지만, 소이는 상당히 귀가 솔깃했다.

'여하튼 잔머리는 국가대표급이라니까.'

속으로는 무척 만족했지만 표는 안 냈다. 그랬다간 피곤해질 게 뻔했다.

"그게 뭐야, 기분 나빠."

"그래? 퍼뜩 떠오른 거긴 하지만 순간 너무 괜찮아서 감탄했는데…… 역시 초딩 수준으론 베리 하이한가?"

소이는 별 도움이 안 된다는 듯 입술을 삐죽거리며 방으로 들어갔다. 그렇게 탄생한 자화상이 떡하니 뽑혀 인섭의 그림 옆에 붙게 된 것이다.

한번은 인섭이 고개를 갸우뚱한 채 게시판에 붙은 소이의 그림을 뚫어져라 바라보고 있었다. 그때 심장이 얼마나 소란스럽게 뛰던지.

다음 날, 학교에 제일 먼저 도착한 소이는 가방을 의자에 던지다시피 해 놓고 게시판 앞으로 달려갔다. 그러고는 인섭이 한 것처럼 고개를 옆으로 삐딱하게 기울인 채 두 개의 자화상을 들여다보았다. 대리 만족인가, 인섭의 자화상과 나란히 붙은 자신의 자화상을 보니 저절로 콧노래가 흘러나왔다. 전날 음악 시간에 배운 〈봄 오는 소리〉였다.

"콧노래 잘하네. 너처럼 그림도 멋지고."

언제 왔는지 인섭이 지나가는 말처럼 한마디 툭 던지고는 이내 자기 자리로 가 앉았다. 소이는 너무 놀란 데다 창피하기도 해서 귀까지 새빨개졌다.

'나처럼 그림도 멋지다고?'

생전 처음 들어보는 소리였다. 예쁘다, 귀엽다와는 차원이 다른 칭찬이었다.

'이제껏 내게 멋지다는 형용사를 써 준 사람은 없었어. 고작해야 귀엽다, 똘망하다 정도였지. 게다가 인섭이는 우리 반에서 가장 멋진 녀석이잖아. 그런 애가 나한테 쓰나미급 칭찬을 해 주다니. 어쩌면 그동안 나만 모르고 있었는지도 몰라. 내가 생각보다 꽤 괜찮은 사람이라는 걸.'

생각은 꼬리를 물고 이어졌다.

'설마 반호준도 새삼 내가 멋져서 숙제도 대신 해 주고 과자도 자주 사 주는 건가? 저학년일 땐 안 그랬는데 언제부턴가 너무 잘해 주는 게 영……. 할친손 호준아, 이제 나한테 신경 끄고 네 걱정이나 더 하렴. 너도 송인섭처럼 멋있어지려면 밥도 잘 먹고 운동

도 열심히 하고…… 아무튼 무지 바빠야 할 거야.'

♣ ♥ ♠

그러던 중 대이변이 일어났다. 소이네 반은 두 달에 한 번씩 짝꿍을 제비뽑기로 정했는데 자영이 인섭의 짝이 된 것이다. 소이는 두 배로 절망스러웠다. 자영이 얼마나 인섭을 좋아하는지 알고 있었기 때문이다. 안 그래도 자영은 조만간 인섭에게 고백을 해야겠다며 단단히 벼르고 있었다.

"송인섭 말이야, 이상형이 되게 까다로운가 봐. 고백은 엄청 받았는데 아직까지 아무도 안 사귀는 걸 보면. 이젠 내가 나서야겠어."

"고, 고백하려고?"

"고백이라니. 기회를 주는 거야."

"무슨 기회?"

"나랑 사귈 수 있는 기회."

대단하다, 이자영. 소이는 자영의 용기가 부러웠다. 진짜 둘이 사귀게 되면 어쩌지? 머릿속이 다 뿌예졌다. 그런데 짝꿍까지 됐으니 그야말로 게임 오버였다.

절친의 남친을 좋아할 순 없지. 송인섭도 이 마소이에 대한 생각 같은 건 말끔히 지워 버린 것 같고. 잊자, 잊어버리자. 그렇게 마음을 다독이며 하루하루 괴로워하고 있는데, 자영으로부터 전화가 걸려 왔다. 웬만해선 먼저 전화를 거는 법이 없는 자영이었다. 여름방학을 며칠 앞둔 날이었다.

"웬일이야, 네가 전화를 다 걸고?"

"나 너무 자존심 상해."

울었는지 목소리가 조금 잠겨 있었다.

"왜?"

"쳇, 좋아하는 여자애가 따로 있다더라. 송인섭 말이야."

"뭐라고? 너 드디어 고백, 아니 기회를 줬던 거야?"

"기회는 무슨. 짝꿍 되고 나서 눈치를 그렇게 줬는데도 전혀 관심이 없더라고. 그래서 엊그제 대놓고 고백했지. 나 너 좋아한다고."

"와! 언빌리버블!"

흥미진진했다. 마치 드라마를 보는 것처럼.

"그런데도 무반응인 거 있지? 시간이 필요한가 싶어서 우선은 참았어. 오늘까지 아무 말이 없길래 창피하기도 하고 화도 나서 한 번 더 얘기했지. 어렵게 고백했으면 최소한 답은 줘야지, 너무한 거 아냐?"

"그랬더니?"

"미, 미안한데 난 좋아하는 애가 따로 있어, 그러더라."

소이는 자영이 고백했다가 차였다는 말보다 좋아하는 애가 따로 있다는 말이 더 신경 쓰였다. 그렇지만 조금이라도 티를 냈다간 자영이 단박에 눈치채고도 남을 터였다.

"저, 정말? 난 넌 줄 알았는데."

"나도 그랬지. 짝꿍 되기 전에 우연히 교문 앞에서 마주쳤는데 뜬금없이 그랬거든. 오늘은 혼자네. 늘 마소이랑 붙어 다니더니. 그게 뭔 소리겠어. 날 유심히 관찰했다는 뜻이잖아. 그래 놓곤 막상 고백하니까 좋아하는 애가 따로 있다는 거지 같은 소리나 하고."

늘 마소이랑 붙어 다니더니, 그 말이 머릿속에서 댕댕 울렸다. 좋아하는 애가 누군지 말은 하고? 채근하고 싶은 걸 꾹 참느라 입에 침이 다 말랐다.

"차인 건 차인 거고, 너무 궁금한 거야. 송인섭이 좋아한다는 그 애 말이야."

"물어봤어?"

"안 알려 주더라. 근데 내가 누구냐. 집요하게 캐물었지."

"이자영, 대단해."

진심이었다. 칭찬받을 만했다. 소이도 너무 궁금했으니까.

"우리 반이야? 하니까 그렇대. 예쁘냐 물어보니까 멋지대. 6학년한테 멋지다니. 도저히 모르겠어서 힌트 좀 줘 봐, 졸랐더니 이름에 이응이 들어가고 콧노래를 잘한다나 뭐라나. 쳇, 그런 애가 어디 한둘이냐고. 고백은 했냐니까 고개만 젓더라. 그러곤 다시 침묵. 아무래도 오영서, 아니면 안예미 둘 중 하나 같아."

이름에 이응이 들어가고 콧노래를 잘한다는 그 애가 나 마소이라는 생각은 안 해 봤니. 콧노래 소리에 소이는 뭔가 짚이는 것이 있었다. 그 뒤로는 자영의 말이 하나도 귀에 들어오지 않았다. 오직 콧노래, 콧노래 생각뿐이었다.

눈을 감고 찬찬히 송인섭을 떠올려 봤다. 앞머리보다 옆머리가 조금 더 긴 평범한 헤어스타일, 가느다랗게 쌍꺼풀진 눈, 높지도 낮지도 않은 코, 도톰한 입술이 조화를 이룬 호감형의 얼굴, 길고 가는 손가락과 깔끔한 손톱…… 교과서를 이렇게 열심히 외웠다면 10등 안에 들고도 남았을 텐데. 변명을 하자면 이건 작정한다고 외워지는 것이 아니다. 그냥 용액에 담근 리트머스 종이처럼 저절로 스며드는 것이지.

소이는 '혹시 나일까. 아냐, 그럴 리 없어'를 반복하느라 12시까지 잠을 이룰 수가 없었다. 확률이 제로에서 반반이 되니, 괴로움도 급상승했다. 어쨌든 콧노래 이야기를 들은 순간부터 세상이 온통 달라졌다. 지구가 아니라 태양이 지구 주위를 돌기라도 하는 것처럼.

새벽같이 잠을 깬 소이는 살금살금 언니 방으로 들어갔다. 소윤은 2박 3일 제주도로 MT를 떠나고 없었다.

옷장을 열어젖힌 소이는 언니가 가장 아끼는 노란 체크무늬 미니스커트를 꺼냈다.

'내게 멋지다고 해 준 송인섭한테 더 멋진 모습을 보여 줘야 해.'

워낙 정신연령이 어린 탓인지 열 살이나 차이가 나는데도 둘은 옷 취향이 대충 비슷했다. 역시 엄마는 그 치마가 언니 옷인지 알아보지 못했다. 언니가 입었을 땐 허벅지가 훤하게 드러났지만, 소이가 입으니 무릎 바로 위까지 왔다. 딱 좋았다. 허리는 좀 컸지만, 옷핀으로 고정하자 그럴싸했다.

거울을 마주한 소이가 회심의 미소를 지었다. 등교하기 두 시간 전부터 치마에, 머리에, 팔찌까지 한껏 멋을 낸 이유가 인섭이 때문이라고 생각하는 사람은 아무도 없을 것이다. 눈치 빠른 자영도 오영서나 안예미라고 추측했으니까.

마지막으로 남친한테 선물 받았다는 언니의 프랑스제 립글로스를 살짝 바른 뒤 쿵쿵거리는 심장을 안고 등굣길에 나섰다. 현관에서 아껴 둔 메리제인 플랫슈즈를 신으려는데 아침 일찍 분리수거를 하고 들어온 아빠와 딱 마주쳤다.

"우리 딸, 왜 이렇게 화사해? 오늘 뭔 날이야?"

괜히 쑥스러워진 소이는 아빠를 외면했다. 그렇지만 기분이 나쁘진 않았다. 둔하기 이를 데 없는 아빠가 칭찬을 할 정도면 누구라도 알아볼 것이다. 오늘따라 마소이가 더 예뻐졌다는 걸.

'나도 자영이처럼 용기를 내 보면 어떨까. 네가 좋아, 송인섭. 너는? 아냐, 너무 건방져 보여. 콧노래 잘하는 여자애를 좋아한다며? 그거 혹시 나를 가리키는 말이니? 어휴, 이것도 탈락. 가장 확실한 증거이긴 하지만 만에 하나, 오영서나 안예미도 콧노래를 잘 부를 수 있잖아. 그럼 난 완전 새 되는 거야.'

오만 가지 생각이 뒤죽박죽 얽히고설켰다. 뒤에서 자전거가 계속 따르릉거리는 소리도 전혀 듣지 못할 만큼.

그때 누군가 소이의 팔을 잡고 학교 담장 쪽으로 끌어당겼다. 소이는 그제야 정신이 돌아왔다. 그건, 그건 바로 인섭이었다.

"야, 치일 뻔했잖아."

등굣길에 인섭을 마주치리라고는 상상도 해 본 적이 없었다. 왜냐하면 인섭은 늘 엄마의 차를 타고 학교에 왔으니까. 그것도 인섭을 생각하느라 자전거 벨 울리는 소리도 듣지 못한 민망한 상황에서 등장하다니.

'혹시 지금 눈앞에 있는 송인섭이 현실이 아니라 내 상상 속에서 튀어나온 홀로그램은 아닐까.'

그럴 리가. 6학년 1반 마소이의 짝사랑남, 송인섭이 맞았다. 담장 쪽으로 넘어진 소이는 피가 배어 나오는 무릎을 보고 당황했다. 그때 인섭이 면으로 된 핑크색 손목 보호대를 풀어 소이에게 들이밀었다.

"무릎에서 피 나. 우선 이거로 닦아. 대신 빨아서 돌려줘. 꼭."

배드민턴 자율동아리 회원인 인섭은 자주 손목 보호대를 하고 다녔다. 늘 파란색이더니 오늘은 웬일로 연분홍이람.

"고, 고마워."

조금 전까지만 해도 인섭에게 해 주고 싶은 말이 한 보따리였는데. 소이는 그만 울상이 되었다. 그런 소이의 마음을 아는지 모르는지 인섭은 그대로 소이를 지나쳐 성큼성큼 걷기 시작했다.

인섭의 손목 보호대를 손에 쥔 소이는 짧은 치마를 입고 온 게 너무나 후회됐다. 평소처럼 청바지를 입었더라면 덜 창피했을 텐데.

'집에 가고 싶다.'

피는 조금 흐르다 말았다. 살짝 스친 정도였으니까. 소이는 인섭의 손목 보호대를 가방 안쪽에 넣었다. 인섭의 물건에 피를 묻힐 순 없었다. 그것도 진달래 꽃잎 같은 분홍색 손목 보호대에.

교문을 통과한 소이는 손을 닦기 위해 화장실부터 들렀다.

"마소이, 뭐냐?"

볼일을 보고 나온 자영이 치마와 무릎을 번갈아 쳐다봤다.

"뭐가?"

"치마, 무릎, 둘 다."

"엄마가 청바지를 빨아서 입고 왔는데 오다가 자전거에 긁혔어."

이건 너무 구차하잖아. 소이는 순발력을 요하는 변명엔 영 젬병이었다.

"그래서 치마 뒤도 터진 거야?"

"뭐?"

치마를 획 돌려 살펴보니 아닌 게 아니라 밑단이 흉하게 늘어져 있었다. 정말 가지가지 하는군. 소이는 기도 안 찼다. 인섭이 봤다면, 아니 봤을 테지. 날 얼마나 칠칠맞은 여자애로 생각할까.

"자영아, 미안한데 체육복 바지 좀 빌려다 줄래?"

"알았어. 기다려."

비를 품은 구름처럼 조금만 건드려도 눈물이 줄줄 흘러내릴 것 같은 표정이 불쌍해서였나. 자영은 평소와 달리 더 이상 캐묻지 않고 그길로 교실로 달려갔다.

그 체육복이 반호준의 바지라는 건 한참 뒤에야 안 사실이었다. 자영의 말로는 복도에서 만난 호준에게 "마소이가 체육복 바지 필요하대." 딱 한마디 던졌다는데, 순식간에 사라진 녀석이 채 2분도 안 돼 다시 나타났다나 뭐라나. 당시 소이한테는 대수롭지 않은 일이었기에 "반호준, 번개맨으로 빙의한 줄. 진짜 빠르더라" 라고 감탄하는 자영의 말이 그저 소음으로만 들렸다.

그나마 다행인 건 하루 종일 인섭과 마주칠 일이 없었다는 거였다. 아니, 고개를 푹 숙인 채 좌우를 돌아보지 않으려 애썼기 때문에 인섭이 흘끔흘끔 살피고 있다는 것도 전혀 알지 못했다.

♣ ♥ ♠

집에 와 보니 소윤이 돌아와 있었다. 제주도에서 사 온 감귤 초콜릿, 한라봉 잼, 유채꽃 비누 등을 거실에 펼쳐 놓은 채 엄마 아빠와 함께 수다 삼매경 중이었다.

"어, 우리 딸, 치마는 어쩌고 체육복이야?"

"맞아. 너 잔뜩 멋 내고 나갔었잖아."

엄마와 아빠가 번갈아 가며 의문을 제기했다. 소이는 심장이 덜

컥 내려앉았다. 자기 치마를 입고 나간 걸 알면 언니가 가만히 있을 리 없었다. 치마는 가방 안에 얌전히 들어 있었다. 인섭의 손목 보호대와 함께.

다행히 소윤은 6학년짜리 어린 동생이 아침에 뭘 입고 나갔는지에 대해선 관심조차 없어 보였다.

"야, 초콜릿 먹어. 너 생각해서 특별히 사 왔으니까."

양심에 찔린 소이가 전에 없이 고분고분한 말투로 대꾸했다.

"손 씻고 옷 갈아입고 나올게."

"어쭈, 오늘은 안 까칠하네. 역시 먹을 거 앞에 장사 없다니까."

소윤이 우쭐해했다.

안도의 한숨을 쉬며 옷을 바꿔 입는데 언니의 전화 통화 소리가 들렸다.

"지금? 집 앞이야? 알았어. 바로 나갈게."

저절로 귀가 나팔만 해졌다. 언니가 나가면 바로 치마를 제자리에 넣어 놔야지.

"야, 마소이. 초콜릿 반만 먹어. 반은 내 거야."

소윤은 큰 소리로 경고를 주면서 밖으로 나갔다.

딸깍, 현관문 닫히는 소리를 확인한 뒤 방에서 나온 소이는 미니스커트를 무사히 원위치에 가져다 놓았다. 뒷단이 터지기는 했지만 뭐가 묻은 건 아니므로 그러려니 할 것이다. 소이는 백 번도 넘게 치마를 확인했다.

감귤 초콜릿은 먹는 대신 작은 주머니에 잘 챙겨 넣었다. 손목 보호대를 돌려줄 때 같이 줄 요량이었다. 못 볼 꼴을 보이긴 했지만, 긍정적으로 생각하면 그 애와 말을 틀 소중한 기회를 얻은 거니까.

　'혹시라도 인섭이가 좋아하는 게 나라면 오히려 귀엽게 봐줄지도 몰라. 영화나 드라마에서도 다들 이렇게 만나잖아. 치마 밑단만 너덜거리지 않았어도 꽤 괜찮은 그림이었는데.'

　소윤한테 들키지 않아서인지 학교에서와 달리 기분이 조금씩 나아졌다. 소이는 피가 묻지 않았음에도 인섭의 손목 보호대를 정성껏 손빨래해 드라이기로 말렸다. 소윤이 쓰는 향수도 두어 방울 뿌리고.

　'이걸 차고 배드민턴을 친단 말이지? 돌려 달라고 강조한 걸 보면 어지간히 좋아하는 물건인가 봐.'

　인섭에게 말을 걸 건수가 있다고 생각하자 콧노래가 절로 나왔다. 무릎이 조금 쓰라리긴 했지만, 밤에 잠도 잘 잤다.

　그러나 다음 날, 인섭은 학교에 나오지 않았다. 자영도 이유를 모르는 것 같았다.

　"선생님, 송인섭 안 왔어요."

　자영이 손을 번쩍 들고 담임선생님에게 말했다.

　"안 그래도 말하려고 했어. 인섭이 할아버지가 위독하셔서 어젯밤에 광주 내려갔거든. 그런데 오늘 아침에 돌아가셨다더라. 장례 치르고 나올 텐데 바로 방학이니 개학하면 보겠네."

김이 새다 못해 기운이 쭉 빠지는 느낌이었다. 소이는 인섭의 휴대폰 번호도 몰랐다. 이럴 줄 알았으면 진작 수소문해 전화번호라도 알아 둘걸. 자영이는 알까.

싱겁지만 소이의 세 번째 첫사랑은 거기까지였다. 방학이 끝난 후에도 인섭은 학교로 돌아오지 않았다. 전학을 간 건지, 유학을 간 건지도 확실치 않았다. 그 애의 손목 보호대만 서랍 속에 얌전히 들어 있었다.

일기장에는 이렇게 적어 놓았다. 스스로를 꽤 괜찮은 사람이라고 느끼게 해 준 최초의 상대였노라고.

❸ 송인섭, 같은 반 친구

열세 살(초 6) 시절 첫사랑

♥ 첫사랑 아이템 : 핑크색 손목 보호대

내가 송인섭을 처음 본 건 초등학교 5학년 때다. 아마 인섭이는 전혀 기억하지 못하겠지만.

길 건너 신축 아파트에 사는 송인섭은 영내중학교 체육 선생님 아들이었다.

그래서인지 우리 학교 몇몇 선생님들하고도 꽤 친한 것 같았다.

처음 봤을 때, 학교에서 제일 무섭고 성질 더러운 대머리 교장이랑 웃으면서 얘기를 나누고 있었으니까.

신기하기도 하고 부럽기도 해서 한참 쳐다보고 있는데, 그 애가 갑자기 고개를 확 돌렸고 순간 눈이 짠, 마주쳤다.

잘생겼잖아!

얼른 뒤돌아 교실로 뛰어 들어오긴 했지만 잘생긴 그 애의 얼굴이 계속 생각났다.

신의 축복인가, 6학년 때 같은 반이 되었다.

하지만 서로 멀찍이 앉는 바람에 한 학기의 절반이 지나도록 대화 한번 제대로 못 나눠 봤다.

게다가 나 말고도 송인섭을 좋아하는 여자애들이 여럿이었다. 자영이까지.

언니의 미니스커트를 훔쳐 입고 등교하던 날, 운명처럼 우리는 교문 앞에서 마주쳤다.

자전거에 긁힌 무릎 상처를 보더니 자신의 손목 보호대를 성큼 풀어 주었지.

뭐야, 이거 정말 블루라이트 맞잖아. 그럼 얼른 건너야지, 머뭇거리면 안 돼!

그렇게 결심하고 다음 날 등교했더니…… 그 애가 사라져 버렸다.

할아버지가 돌아가셨다고 했던가, 아무튼 개학 후엔 등교한다더니 끝내 오지 않았다.

고맙다는 말 한마디 제대로 못 하고 혼자 가슴만 설레다 끝나서인지 지금도 송인섭이 매우 궁금하다.

꼭 돌려 달라던 손목 보호대도 돌려주고 싶고.

(★왜 시절 첫사랑인가? 내 자존감을 높여 준 최초의 친구니까. 내가 꽤 괜찮은 아이구나 하고 느끼게 해 준 송인섭, 정말 보고 싶다.)

10
첫사랑인 듯 첫사랑 아닌 첫사랑 같은

"아는 척도 안 하기냐?"

짝다리를 짚은 채 껄렁하게 서서 시비를 거는 사람은 다름 아닌 호준이었다. 징글징글한 할친손이었다.

'저 녀석, 언제 저렇게 키가 큰 거야? 쳇, 새삼 놀랍네.'

길게 뻗은 호준의 그림자를 걷어차는 시늉을 하며 소이가 입술을 삐죽거렸다.

"넌 왜 나만 보면 짜증이냐?"

호준이 따져 물었지만, 눈은 웃고 있었다.

"그러게. 너만 보면 짜증이 나네."

"어째서?"

"어째서냐니. 반호준, 너 공부 잘하잖아. 수학 문제만 풀지 말고 사람 마음도 좀 풀어 봐."

짜증이라기보다는 섭섭함에 가까웠다. 2년 넘게 연락 한 번 없더니 여전히 친한 친구라는 듯 저렇게 스스럼없이 구는 걸 보면 더더욱. 게다가 고1이 된 호준은 키도, 성적도, 외모도 상위권을 유지하고 있었다. 진로 탐색도 이미 끝냈다고 했다. 겨우 고1인데 자신이 목표한 길을 향해 한 발 한 발 차분히 나아가고 있다는 얘기를 들으니 자격지심까지 느껴졌다. 고1이라면 알 것이다, 뭘 해야 할지 막막한 기분이 얼마나 사람을 우울하게 만드는지.

진로 캠프라도 가야 하나, 요즘은 부쩍 그런 생각까지 들었다. 고딩이 된 이후 반호준에 대해 물어보는 여자애들이 많아진 것도 썩 유쾌하지 않았다.

어느새 다가왔는지 호준이 머리끈을 내밀었다. 소이가 가장 좋아하는 초록색 카멜리아큐빅진주 곱창밴드였다.

"어, 이거 어디서 났어?"

"도서관."

"내 건 줄 어떻게 알고?"

"야, 말은 바로 해라. 이거 소윤이 누나 거잖아. 몰래 가져왔다고 네 입으로 중계방송하는 거 다 들었거든."

맞다. 며칠 전 교문 앞에서 자영이랑 언니 흉보며 실컷 웃고 떠들던 걸 저 자식한테 딱 걸렸지. 하지만 걱정은 안 됐다. 호준은 입이 꽤 무거운 녀석이었다.

"어쨌든 고맙다."

"어쨌든?"

"머리끈 하나 가지고 생색은."

"필요 없다 이거지?"

호준이 머리끈을 쥔 팔을 높이 치켜들었다. 소이가 까치발을 했지만 겨우 그 애의 턱 끝에 닿을 뿐이었다.

"야!"

허리까지 한껏 늘여도 턱없이 모자랐다. 급기야 소이가 포효했다. 그러자 호준이 냅다 교실로 뛰기 시작하는 게 아닌가. 소이의 머리끈을 손에 쥔 채.

뭔가 잘못됐다는 싸한 느낌이 등줄기를 타고 흘러내렸다. 아니나 다를까, 뒤를 돌아보니 학생부장 선생님이 눈동자가 튀어나올 듯 소이를 노려보고 있었다.

"사랑싸움은 하교 후에나 하시지? 풍기 문란으로 벌점 선물 받고 싶지 않으면."

뭐래. 안 그래도 성질나 죽겠는데. 소이는 긴 머리카락으로 최대한 얼굴을 가리고는 게처럼 옆으로 걸어 교실로 갔다.

♣ ♥ ♠

소이는 비어 있는 옆자리를 보자 기분이 더 우중충해졌다. 자영은 3교시가 끝나자마자 기어코 조퇴를 했다. 물론 예고된 일이긴 했다. 공식적으로는 질병 조퇴였지만 실상은 달랐다. 오후 2시 연

세로에서 우진 오빠의 버스킹 공연이 있다며 엊그제부터 조퇴 계획을 짜고 또 짰으니까. 핼쑥한 낯빛으로 지독한 독감에 걸린 척 연기 연습을 하더니 그게 제대로 먹힌 모양이었다.

'부럽네. 나라면 아무리 진행 중인 첫사랑이라고 해도 자영이처럼 에너지 넘칠 순 없었을 거야. 그래도 쳇, 점심이라도 먹고 튈 것이지.'

자영이 사라지자 입맛도 줄고 산책할 기분도 나지 않았다. 그래서 곧장 교실로 되돌아오다가 능구렁이 같은 반호준의 장난에 놀아나고 학생부장 샘한테 걸려 모진 소리까지 듣고 말았다.

소이는 마침표 같은 한숨을 쉬며 서둘러 첫사랑 비밀 노트를 펼쳤다. 이거라도 봐야 먹구름 같은 기분이 조금이라도 말갛게 갤 것 같았다.

'네 번째 읽을 차례였나?'

네 번째라…… 솔직히 지금까지의 시절 첫사랑 중 제일 기간도 짧고 엔딩마저 싱겁기 짝이 없는 허망한 것이었다. 그런데도 소이가 굳이 시절 첫사랑 목록에 포함한 건 그 상대가 현재 빌보드 핫 100을 씹어먹고 있는 다국적 보이 그룹 '셀피쉬'의 멤버 '준준'이기 때문이다. 설사 허망한 외사랑, 대답 없는 메아리 같은 짝사랑이라고 해도 상대가 상대인 만큼 충분히 리스트업할 만했다.

첫사랑 비밀 노트에는 몇 장에 걸쳐 준준의 얼굴만 가득 붙어 있었다. 사진마다 '잔망 준준', '사뭇 진지', '늠름 자태' 같은 닭살스러운 캡션이 올망졸망 달려 있었다. 뭐, 핑퐁이 전혀 안 되는 상대이다 보니 그럴 수밖에.

그러다 소이는 준준 페이지 마지막 장에 붙어 있는, 셀피쉬의 '두 번째 싱글앨범 발매 단독 콘서트 입장권'을 발견하고는 허공에 대고 분노의 주먹질을 해 댔다. 이불킥 대신이었다.

한국, 태국, 일본, 중국 멤버 여덟 명이 하나로 뭉친 셀피쉬는 눈에 띄는 외모는 기본이요, 춤과 노래에 작사 작곡 실력까지 겸비한 재주꾼들이었다. 특히 소이가 사랑해 마지않은 한국 출신 리더 준준은 소이와 같은 아파트 출신이었고.

사실 소이는 고1이 된 지금도 헷갈렸다. 같은 아파트 주민이라서 좋아하게 된 건지, 좋아하다 보니 같은 아파트에 산다는 걸 알게 돼 더 좋아진 건지.

아무튼 맞은편 동에 살았던 준준(본명은 김유준)의 엄마는 아들의 연습생 시절부터 자식 자랑이 유난했다. 그러나 소이는 준준이 셀피쉬로 정식 데뷔하기 전까지는 대수롭지 않게 생각하고 흘려들었다. 솔직히 크게 와 닿지가 않았다. 그건 소이네 식구들 모두 마찬가지였다.

"아들이 매일 연습만 한다던데, 실전엔 대체 언제 참가하는 거야?"

아빠는 연습생의 의미조차 멋대로 알고 있었다.

"공부는 영 젬병이라 일찍부터 딴 길로 샌 건가?"

엄마는 아이돌을 공부는 못하는데 노래와 춤은 대충 좀 하는 애들쯤으로 알았다. 세상에, 요즘 아이돌은 엄마 아빠 시절의 동네 가수가 아니라고요. 혹독한 연습생 시절을 거쳐 보석으로 다듬어진, 일명 걸어 다니는 기업이라고요. 요즘 애들 꿈 1순위가 아이돌이라는 것 정도는 아셔야지.

언니 소윤만 현실을 알았다.

"그 아줌마 요란 떠는 건 좀 눈꼴시지만 잘되기만 해 봐, 당장 강남 한복판으로 이사 갈걸?"

몇 달 뒤, 셀피쉬라는 그룹이 티브이 음악 프로그램에 등장했고 오랜만에 만난 자영과 함께 그 프로를 보던 소이는 준준한테 푹 빠져 버렸다. 딱 소이의 이상형이었다. 나이도 네 살 위 오빠라 딱 좋은 데다 쌍꺼풀 없이 옆으로 길쭉한 눈매에 그레이 톤의 헤어스타일, 입덕을 부르는 귀여운 반전 매력까지.

준준의 본명이 김유준이라는 걸 알고는 거의 기절 직전까지 갔다. 진작에 유준의 엄마와 친분을 쌓았더라면 얼마나 좋았을까. 아들 자랑에 침이 마를 때 같이 박수라도 쳐 줬어야 하는 건데! 후회가 밀려왔다.

유준의 엄마를 아파트 단지에서 맞닥뜨린 건 강원도 어딘가에서 첫얼음이 얼었다는 11월 30일, 준준네의 이삿날이었다. 셀피쉬의 콘서트가 있기 나흘 전이었고. 성공한 아들 덕분에 어깨가 한껏 승천한 유준 엄마는 포장 이사를 하느라 정신이 없었다. 하교하는 소이를 보더니 너무나 해사한 얼굴로 "소이야, 잘 지내라. 우린 강남으로 이사 간다" 하고 마지막 인사를 건네는 게 아닌가.

그런데 갑자기 전화벨이 울렸다. 부동산인 것 같았다. 준준 엄마가 셀피쉬의 굿즈인 듯한 가죽 휴대폰 케이스를 펼쳐 전화를 받으려던 순간, 종이 한 장이 나풀거리며 소이 앞으로 떨어졌다. 바로, 바로 셀피쉬의 단독 콘서트 티켓이었다.

욕심은 났지만 얼른 주워 돌려주려는데, 준준 엄마는 이미 사라지고 난 뒤였다. 혹시나 돌아올까 싶어 한참을 기다렸지만 그게 끝이었다.

솔직히 모른 체하고 그냥 콘서트에 갈까도 생각했지만 딱 봐도 로열석이었다. 준준의 가족 중 누구라도 마주쳤다간 도둑으로 몰리기 십상이었다.

소이는 경비실 아저씨를 통해 준준 엄마의 휴대폰 번호를 어렵사리 구했다.

"아줌마, 저 마소이인데요. 아까 콘서트 티켓 떨어뜨리셔서요 ……."

"안 그래도 찾고 있었는데 소이가 주웠구나?"

"어떻게 돌려 드려요?"

"우리 준준이 자기 친구 주라고 신신당부한 건데 이미 다른 표 줬어. 강남까지 먼 길을 표 가지고 오라 할 수도 없고. 소이야, 그냥 네가 가져. 다른 사람한테 웃돈 얹어 팔지 말고. 알았지."

뭐야, 이 아줌마. 강남까지 40분도 안 걸리는구먼, 멀긴 뭐가 멀다고. 게다가 웃돈이라니, 나를 뭐로 보고. 하지만 가지라는 말은 너무 좋았다. 셀피쉬의 공연을 로열석에서 볼 수 있다니, 이게 꿈인가 생시인가.

후유, 그러나 소이는 그 공연을 보지 못했다.

'이놈의 기구한 팔자 같으니라고.'

입에서 저절로 팔자타령이 나올 만큼 서러운 날이었다. 로열석 티켓을 갖고도 가지도, 팔지도 못하는 심정이라니.

이유는 할친손 반호준 때문이었다. 콘서트 갈 생각에 학원도 빼먹고 꽃단장을 마친 뒤 몰래 집에서 나가려고 하는데, 갑자기 호준의 할머니가 들이닥쳤다. 할머니는 호준이 없어졌다며 울면서 소이에게 도움을 청했다.

"소이야, 호준이가 다섯 시간째 연락이 안 된다. 혹시 아는 거라도 있니?"

"아, 아뇨. 연락 안 한 지 꽤 돼서……."

서로 다른 중학교에 가게 되자 만나는 횟수는 자연스레 줄어들었다. 뭐, 그 정도는 있을 수 있는 일이었다. 각자 중학교 생활에 적응하느라 정신없이 바빴으니까. 그래도 한 달에 한 번 정도는 만났고, 카톡은 거의 매일 주고받았다.

2학기가 시작되자 이상하게도 카톡이 딱 끊겼다. 전에는 열에 아홉 번은 호준이 물꼬를 텄는데, 그땐 소이가 먼저 메시지를 보내도 숫자 1이 오랫동안 남아 있곤 했다. 손톱을 물어뜯으며 1이 없어지기만을 초조하게 기다렸다가 다시 인사말을 건네봐도 응, 아니 정도의 건성으로 하는 대꾸만 되돌아왔다.

'뭐지, 나한테 삐졌나. 늘 아웅다웅하기는 했지만 크게 싸운 적은 없는데. 하긴, 싸움이 날 리가 없잖아. 매번 호준이가 참아 줬으니까. 좋아, 이번엔 내가 봐준다. 젠장.'

혹시라도 지독한 2차 성징 증상을 앓느라 그런 것이 아닌가 싶어 확인 차 학교 앞으로 두어 번 찾아가 본 적이 있었다. 다행인지 불행인지 마주친 적은 없지만. 할머니 역시 호준의 근황에 대해선 세밀하게 아는 바가 없어 보였고.

그런데 갑자기 사라져서 악수바위에는 웬일로 간 거람. 그것도 외투도 없이 오들오들 떨면서. 죽 한 그릇도 못 얻어먹은 것처럼 파리한 얼굴을 한 녀석은 할머니의 손에 이끌려 악수바위를 떠났다. 소이는 호준으로부터 왜 그날 하필 악수바위를 서성이며 할머니 속을 까맣게 태웠는지에 대해선 한 마디도 듣지 못했다.

집으로 돌아온 소이는 세상이 떠나갈 듯 펑펑 우는 것 말고는 할 수 있는 일이 없었다. 준준의 콘서트에 못 간 게 못내 억울해서인지, 자신을 소 닭 보듯 외면한 호준이 녀석 때문에 눈물이 솟구친 건지는 알 수 없었지만. 그것도 로열석 티켓을 손에 꼭 쥔 채.

'왜 하필 그날 가출을 해서는! 너만 아니었으면 수십만 원짜리 로열석에 앉아 신나게 준준 오빠의 공연을 구경했을 텐데! 아무튼 사람 열받게 하는 재주는 타고났다니까!'

하지만 아무리 욕을 퍼붓고 원망을 해도 한 가지 의문점은 사라지지 않았다. 마치 분노 쓰나미에 다른 건 다 쓸려 내려갔는데, 날카로운 물음표 하나만 살아남아 소이의 심장을 살살 긁어 대는 것 같은 기분이랄까. 며칠 뒤 소이는 더 이상 참지 못하고 휴대폰을 집어 들었다.

'옛정을 생각해서 마지막으로 물어봐야겠어. 대체 나한테 왜 이러는지. 만약 또 무시하면……'

소이는 생각을 끝맺기도 전에 서둘러 전화를 걸었다. 설마 이번엔 어설픈 변명이라도 하겠지, 하는 기대를 품고서. 그러나 호준은 건성으로 대답하고 나서 급하게 전화를 끊었다.

"내가 나중에 전화할게. 지금은 경황이 없어서……."

이 말에 소이는 큰 충격을 받았다. 너무나 창피하고 후회스러운 마음에 얼굴까지 벌겋게 달아올랐다.

쓰리고 칙칙한 기억에 다시금 불쾌해진 소이가 일기장을 탁, 하고 소리가 나도록 덮었다. 하지만 머릿속에 둥실 떠오른 호준의 얼굴은 좀처럼 사라지지 않았다.

비밀 노트엔 간단하게 몇 줄 적혀 있는 게 고작이었다.

❹ 준준(김유준), 다국적 보이 그룹 셀피쉬 리더
　열다섯 살(중1) 시절 첫사랑
　♥ 첫사랑 아이템 : 셀피쉬 공연 티켓

악수바위에 숨어 있던 BHJ 때문에 그 비싼 콘서트에 못 감.

어유, 내 팔자야.

이 티켓은 잘 보관했다가 경매에 부치면 어떨까.

그래도 나름 친구였는데, 걱정은 있는 대로 시켜 놓고 무슨 일인지는 입도 뻥끗 안 하는 할친손 녀석. 이 시간 이후로 확 잊어 줄 테다. 머릿속에서 벅벅 지워 줄 테다.

11
트라우마와 이별하는 법

"자영 양, 우진 오빠의 공연은 어땠어?"

예상치 못한 질문에 자영이 단발머리를 흔들며 거울을 내려놓았다. 아주 얼굴이 닳겠다, 닳겠어.

"갑자기?"

참 빨리도 묻네, 의 또 다른 표현이리라.

"미안. 헤헤헤."

버스킹 공연은 어땠냐, 조퇴하고 간 보람은 있었냐. 보자마자 이렇게 물어봤어야 했는데 밀린 숙제를 하느라 때를 놓쳤다. 속으로 소이가 물어봐 주길 얼마나 기다렸을까.

"쳇, 뒤통수만 실컷 보다 왔다. 여자들한테 겹겹이 둘러싸여 있어서."

"꽃다발은? 그것도 못 줬어?"

"뒤통수만 보다 왔다니까. 넌 다 나쁜데 말귀 못 알아듣는 건 더 나빠.”

어디서 많이 들어본 소린데. 맞다, 소윤 언니. 태몽 꿨냐고 물었다가 구박을 한 바가지 들었지. 머리 나쁘다고. 그건 그렇고 다 나쁜데 더 나쁘다니, 계집애 말본새하고는.

소이는 말꼬리를 잡고 늘어지려다 화제를 돌렸다.

“첫사랑들은 죄다 이렇게 티키타카가 안 되는 걸까?”

“첫사랑들이라니, 이건 또 뭔 요상한 소리람.”

“말씀드렸잖아요, 이자영 님. 첫사랑이 하나라는 건 도저히 말이 안 된다고요.”

“하나니까 첫사랑이지. 할 때마다 첫사랑이면 ‘첫’ 자, 그러니까 ‘first’가 왜 붙었겠어.”

“그건 그렇지만.”

“마이소이, 넌 다 나쁜데 고집 센 건 최악이야. 인정할 건 인정해야지.”

“우진 오빠가 네 첫사랑이 확실해? 겨울방학 땐 스키 강사랬다가 얼마 전엔 갑자기 영어 샘이라고 몹시 심하게 우겼지, 아마? 샘이 영국식 영어를 할 때마다 심장이 끓는다고 했냐, 녹는다고 했냐. 불과 며칠 전엔 교회 오빠였냐, 사원, 아니 절 오빠였냐.”

“아니, 그건…….”

흠칫 놀라는 걸 보니 허를 찔렸구먼. 그야말로 깨소금 맛이었다. 내처 송인섭 이야기까지 꺼냈다.

"6학년 때 송인섭은? 고백까지 할 정도로 진심이었잖아, 너."

"송인섭의 송 자만 들어도 땀이 송송 맺힌다. 데이트 한번 제대로 못 해 보고 그대로 차였잖아. 콧방귀 잘 뀌는 앤지 누군지 때문에."

"콧방귀가 아니라 콧노래."

"어쨌든. 송인섭은 빼 줘. 두 번 다시 생각하고 싶지 않은 이름이야."

"거봐, 너도 엄청 왔다 갔다 하잖아. 그래서 내가 고민 끝에 시절 첫사랑이라는 신조어를 만든 거라고. 쳇, 물개 박수 치면서 엄청 창의적이라고 칭찬 날릴 땐 언제고 또 까맣게 모른 척이람."

잔뜩 실망한 소이가 바람 빠진 풍선처럼 피식거렸다. 그러자 눈치 빠른 자영이 얼른 태세 전환을 했다. 포기, 인정만큼 순발력도 빠른 자영이었다.

"쏘리, 마이소이. 순간 깜빡했어. 워낙 신박한 용어라."

"쳇."

"지금 심정 같으면 우진 오빠가 첫사랑이었으면 좋겠어. 그러려면, 전에도 목 아프게 여러 번 말했지만, 당시 첫사랑이라고 믿었던 과거 시절 첫사랑은 과감하게 폐기 처분해야 하겠지, 안 그래?"

"그러니까 그게 그렇게 쉽냐고!"

"어려울 건 또 뭐람. 그냥 그동안 첫사랑 해 줘서 고맙다. 이젠 아니니까 안녕, 잘 가! 하면 될걸."

"헐!"

소이의 입에서 감탄사인지 탄식인지 모를 소리가 절로 나왔다. 이자영, 넌 커서 뭐가 돼도 되겠다. 이렇게 결단력이 26.1Mbps니. 참고로 26.1Mbps는 세계에서 가장 빠른 우리나라의 인터넷 평균 속도를 말한다.

♣ ♥ ♠

오후엔 강당에서 청소년 상담심리 특강이 있었다. 1학년 전체가 한자리에 모여 듣는 강의이다 보니 눈에 잘 안 띄는 뒷자리를 차지하기 위한 몸싸움이 매우 치열했다.

스피디한 자영의 손에 이끌려 무사 안착한 곳은 맨 오른쪽 블록 끝에서 두 번째 줄이었다. 그것도 창가 자리. 그런데 이게 웬일인가. 좌석 번호가 7이었다!

"자영아, 이것 봐. 좌석 번호가 7번이야. 7번."

소이가 손가락 끝으로 숫자 7을 가리켰다. 자영도 적잖이 놀란 눈치였다.

"와, 방귀가 잦으면 똥이 된댔어. 7이랑 연관된 소소한 행운이 계속된다는 건 말이야, 조만간 숫자 7이 어마어마한 행운을 몰고 온다는 뜻이지. 한마디로 쾌변이랄까."

비유가 다소 더럽긴 했지만, 귀에 쏙쏙 들어오긴 했다.

"마소이!"

앗, 깜짝이야. 이건 분명 할친손 반호준의 목소리인데. 뒤를 돌아보니 역시나 호준이 턱을 괸 채 빙긋이 웃으며 소이를 내려다보고 있었다. 에잇, 뭐야. 좌석 번호 7이라서 좋아했는데 뒷자리에 떡하니 반호준이 앉아 있을 줄이야. 행운의 숫자는 왜 이렇게 줏대가 없는 거야.

호준이 비아냥거리며 말했다.

"졸지 말고 열심히 들어라."

"너나 잘하세요."

같은 학교 다닌다고 친한 척이 선을 넘네. 소이는 입술까지 삐죽거렸다.

둘이 대화하는 걸 지켜보던 자영이 소이의 귀에 대고 속삭였다.

"마소이 초딩 때 남친 반호준? 오호, 완전 몰라보겠는걸."

"남친 아니거든! 저스트 할친손이거든! 몇 번을 말해!"

어떻게든 진실을 알리고 싶은 소이의 간절함이 자기도 모르는 사이에 큰 소리로 터져 나왔다. 아차 싶었지만 이미 뭉개진 케이크였다.

"아니면 아닌 거지, 데시벨이 왜 이렇게 높아? 수상한데?"

얄미운 자영이 고개를 갸웃거리는 순간, 낮게 킬킬거리는 호준의 웃음소리가 소이의 등에 정통으로 꽂혔다. 분노한 소이가 종주먹을 하고 뒤를 돌아보려는 순간 종이 울리고 강사 선생님이 입장했다. 그 바람에 셋은 약속이나 한 듯 허리를 곧게 펴고 잽싸게 입을 다물었다.

　소이는 여전히 등 뒤의 호준이 거슬려 온몸이 다 따끔거렸지만, 최대한 무관심한 척 강의에만 집중했다. 역시나 자영은 무릎 위에 거울을 놓고 그걸 들여다보느라 고개를 푹 숙인 채였다.

♣ ♥ ♠

　특강 주제는 '기억 속 상처와 이별하는 법'이었다. 감당하기 힘든 트라우마와 마주했을 때 생기는 공포, 두려움, 무력감 등을 어떻게 하면 효과적으로 치유할 수 있는지에 대한 교과서적 조언이랄까.

　지루해진 소이는 무심코 강당을 한 바퀴 둘러보았다. 그러다 반호준과 눈이 딱 마주쳤다. 얼굴이 붉어진 건 소이의 계획에 전혀 없던 일이었다. 할친손의 느끼한 윙크에 뺨이 달아오르다니, 소이에겐 청천벽력 같은 충격이었다.

　"이런 이야기, 껄끄럽죠? 알아요. 사람에겐 상처가 된 기억을 덮어 버리려는 습성이 있거든요. 트라우마가 크면 클수록 더하죠. 그래서 선택적 기억상실증도 오는 거고요. 작게는 여러분이 흑역사라고 부르는 그런 기억도 일종의 트라우마라고 할 수 있어요. 잠자리에서 저절로 이불킥하게 되는 그런 사건이요."

　이불킥이라는 소리에 일동 웃음이 터졌다. 대한민국 청소년이라면 누구나 한 번씩 겪어 본 일일 테니. 자영도 귀가 솔깃해진 것 같았다. 얼른 거울을 엎어 놓은 걸 보면.

"나쁜 기억을 의식적으로 꺼내서 바라보는 과정이 꼭 필요해요. 두 글자로 하면 직면이죠. 하지만 결코 서둘러선 안 된다는 걸 강조하고 싶어요. 특히 사고 현장이나 학교 폭력 같은 끔찍한 트라우마는 더더욱이요. 직면하기 전에 후폭풍을 함께 견뎌 줄 친구나 가족, 전문 치료사 같은 안전장치를 확보해야 한다는 뜻입니다."

일순간 강당에 침묵이 흘렀다. 영내고등학교는 학교 폭력 없는 우수 학교로 선정돼 3년 연속 교육감상을 받았지만, 그건 수면 위의 풍경이고 물밑은 얼마나 더러운지 알 수 없는 법이니까.

무거운 분위기가 부담스러웠는지 강사 선생님이 갑자기 화제를 바꾸었다.

"자, 잊고 싶은 흑역사와 이별하는 선생님의 꿀팁 하나! 애써 고백했는데 망신스럽게 차였다거나 거짓말이 들통나 단단히 창피를 당했다거나 뭐 그런 거요."

강사 선생님은 잠깐 망설이더니 자신의 흑역사를 털어놓았다.

"불과 며칠 전에 일어난 일인데요. 아, 말하려니 다시 화끈거린다. 우리 아내가 잔소리가 많은 편이에요. 특히 머리 감고 잘 말리라고. 밤에 머리를 깨끗이 감아야 탈모 현상이 줄어든다고."

그러고 보니 선생님은 머리숱이 적은 편이었다. 아이들이 와하하, 하고 웃었다.

"제자들이랑 단톡방에서 상담 주제로 얘기 중이었는데 출장 간 아내가 폭풍 카톡을 보내오더라고요. 머리 감았냐, 얼른 감아라, 못 믿겠다, 다 감았으면 인증샷 보내라 등등. 그래서 대충 감고 젖은 머리 티 나게 찍은 셀카를 보냈는데 그게 아내한테가 아니라 단톡방이더라고요."

어떡해! 개망신! 완전 박제다, 박제! 이런 소리가 여기저기서 터져 나왔다.

"지금이야 이렇게 웃지, 당시엔 머릿속이 온통 하얘졌다니까요. 여러분도 단톡방 조심하셔야 해요. 애니웨이, 제자 중 한 명이 그러더라고요. 얼른 이별식 거행하라고. 소소한 흑역사와 이별하는 꿀팁을 제가 가르쳐 줬거든요. 일종의 소규모 직면이랄까. 모월 모일 의도치 않게 발생한 나의 흑역사여, 부디 내 기억 속에서 멀어져 주길. 안녕, 잘 가! 그러자 제자들도 한마디씩 해 줬죠. 잘 가, 멀리 안 나가, 청소 완료, 뭔 일 있었음? 등등요. 그러고는 일제히 '나가기'한 다음에 단톡방 새로 팠어요. 하하하."

자영은 웃었지만, 소이는 심각해졌다. 크든 작든 흑역사를 지우려면 먼저 수면 위로 꺼내 직면해야 하는 데다 친구든 가족이든 전문가든 조력자가 있어야만 효과적으로 딜리트할 수 있다는 얘기였으니까.

산통을 깬 건 자영이었다.

"들었냐, 아까 내가 한 말이 저 아저씨 말이랑 완전 찌찌뽕인 거? 방금 맘속으로 그동안의 첫사랑하곤 안녕, 잘 가! 이별식을 거행했으니까 현재 내 진짜 첫사랑은 자동으로 우진 오빠가 된 거야. 안 그래?"

첫사랑이 무슨 이어달리기도 아니고 바통을 넘겨주면 바로 첫사랑이 되는 거냐. 그렇게 따져 묻고 싶었지만 참았다. 사실 그것 말고는 달리 방법이 없어 보였으므로.

"인정. 울 자영이, 돗자리 깔아도 될 듯."

자영이 으쓱했다.

다시 폭력에 대한 이야기가 시작됐다. 언어적 폭력, 관계적 폭력, 괴롭힘, 폭행, 따돌림, 배신, 개인적 해결 방법, 사회적 솔루션에 본격적인 사례까지 등장하자 호준은 점점 그 자리가 불편해졌다.

먹은 게 체한 것 같기도 하고, 누군가 머릿속에 들어와 있는 힘껏 발이라도 구르는 것처럼 귓속이 멍멍해지기까지 했다. 손바닥으로 귀를 막고 버텨 보았지만, 화제가 '사고 현장 목격자 트라우마'에까지 미치자 이내 숨이 가빠지기 시작했다. 소이가 뒤를 돌아보지 않았다면 호준은 그대로 강당을 뛰쳐나갔을 수도 있었다. 못마땅한 듯 입술을 삐죽거리며 호준을 쳐다보는 소이의 얼굴을 보자 신기하게도 쿵쾅거리던 심장이 제자리를 찾은 것처럼 편안해졌다. 참, 알다가도 모를 일이었다.

12
잃어버린 비밀 노트

"곧 다시 만나겠지만 그동안 잘 지내라, 마소이."

자영이 악수를 청했다. 일주일 뒤에 만나기로 했으면서 뭔 놈의 악수람.

"이건 또 뭐 하는 시추에이션?"

"음, 쌍꺼풀 없는 이자영은 오늘이 마지막이니까."

"내일 당장 쌍수한다는 소리야?"

"당연하지. 자고로 쌍수는 한 살이라도 어렸을 때 해야 해. 개학 후에 티 안 나려면 하루라도 빨리 실행에 옮겨야 하고."

"오호, 그러셔."

둘은 웃음을 참지 못하고 키득거렸다. 자영은 쌍수, 소이는 첫사랑 반환 프로젝트, 테마는 다르지만 둘 다 여름방학 동안 계획한 대업이 있는 셈이었다.

"난 일곱 번째 시절 첫사랑, 그러니까 진정한 첫사랑을 위해 구 첫사랑과 이별식을 거행할 거야. 우리 둘 다 꼭 목표를 이루자."

그 모습을 본 반장이 눈을 흘겨 뜨며 캐물었다.

"뭐야, 너희들, 벌써부터 목표 대학 합격 전략 뭐 그런 거 세우는 거야?"

그러자 자영이 천연덕스럽게 대꾸했다.

"당연하지. 학생이 공부 말고 무슨 목표가 또 있겠어."

"아무렴."

소이도 거들었다. 매사 진지하기 이를 데 없는 반장을 놀리는 것 역시 소소한 낙이었다. 그나저나 반장은 전교 열 손가락 안에 드는 우등생이면서 맨날 뭐가 저렇게 초조한 걸까. 도통 이해할 수 없는 일이었다.

♣ ♥ ♠

소이는 내일이면 방학이라고 생각하니 기분이 말랑말랑해졌다. 비밀 노트를 손에 쥐고 집으로 돌아가려는데 옛날 소각장으로 쓰던 커다란 쓰레기장 쪽에서 뭔가 하얀 물체가 흔들리는 것이 보였다. 가만히 서서 살펴보니 고양이였다. 온몸을 솜뭉치로 감싼 듯한 흰 고양이가 북실북실한 꼬리를 한껏 치켜세운 채 갈 듯 말 듯 앙증맞은 두 발을 꼼지락대고 있었다. 그러더니 갑자기 고개를 홱 돌려 바둑돌을 박아 놓은 것 같은 새까만 눈으로 소이를 빤히 쳐다보는 게 아닌가. 흠칫 놀란 소이가 뒤로 한 걸음 물러서자 고양이도 이내 눈길을 물린 채 천천히 앞으로 나아가기 시작했다.

'헉, 털 좀 봐. 길고양이라고 하기엔 온몸에 윤기가 흘러. 목걸이도 있는 것 같고.'

그렇다면 집사가 있는 반려묘라는 건데. 소이는 뭐에 홀리기라도 한 듯 다시 길을 나서는 흰 고양이를 성큼성큼 따라가기 시작했다. 쓰레기장을 통과하니 아파트 7, 8층 높이의 편백나무가 하늘을 찌를 듯 빽빽하게 서 있는, 가로로 긴 오솔길이 나타났다. 콧속으로 청량한 바람이 스며들어 오는 알짜 공간이었지만, 쓰레기장에 가려져 있어 대부분의 아이들은 별로 와 보고 싶어 하지 않았다. 게다가 바로 맞은편이 교무실 건물이라 껄렁한 무리들에게조차 기피 장소로 통했다.

하지만 아이들이 잘 모르는 게 있었는데, 바로 몸을 낮춰 주저앉아 있으면 교무실에선 잘 안 보인다는 사실이다. 외려 안전지대랄까. 다시 말해 이곳은 소이만 아는 일종의 아지트였다. 자영은 질색하며 쓰레기장 통과라는 난제를 과감히 거부했지만 말이다.

'뭐야, 분명히 여기로 왔는데. 그새 담이라도 넘은 건가.'

아무리 둘러봐도 흰 고양이는 보이지 않았다. 우아하고 기품 있는 녀석이라 한시라도 빨리 주인을 찾아주고 싶었는데. 소이는 얼마 전 숨겨 놓은 신문지를 찾아 깐 뒤 양반다리를 하고 앉아 땀을 식혔다. 다시 한번 둘러봐도 고양이는커녕 하얀 솜뭉치 한 조각

보이지 않았다.

'예상에 없던 일이긴 하지만…… 방학 내내 못 와 볼 테니 이렇게라도 들러 싱그러운 공기를 무한 리필해 드링킹하고 가는 것도 나쁘진 않겠네.'

그나저나 이곳은 기온이 운동장보다 2도 정도는 더 낮은 것 같았다. 앉아 있으려니 눕고 싶었다. 소이는 신문지를 최대한 넓게 펼쳐 대자로 누운 뒤 다시 비밀 노트를 펴 들었다. 그러더니 이내 엎드려 필통에서 펜을 꺼내 들고 몇 자 끄적이기 시작했다.

내 진정한 첫사랑은 아직 시작 전이야.
행운의 숫자 7, 그러니까 일곱 번째 시절 첫사랑이 진짜 첫사랑인 거지.
그러려면 흘러간 옛 첫사랑과는 과감하게 이별식을 거행해야 해.
첫사랑 아이템도 깔끔하게 돌려주고 속으로 안녕, 잘 가! 인사도 꼭 하고.
이건 일종의 의식 같은 거니까 장난치지 말고 진지하게!
좋았어. 7월 안에 시절 첫사랑 반환 프로젝트를 모두 완수하는 거야.
8월 1일부터 영어, 수학 캠프에 가야 하니 지금밖에는 시간이 없어.
그러면 새 학기에 맞춰 일곱 번째 첫사랑이 짜잔, 날 기다리고 있겠지?
아, 생각만 해도 심장이 터질 것 같아.

7월 22일, 마소이

♣ ♥ ♠

특강이 끝난 후 호준은 소운동장을 한 바퀴 가볍게 뛰었다. 트라우마로 인한 이상 증세를 잠재우는 호준만의 해법 중 하나였다. 천천히 뛰며 소이의 얼굴이나 그 애만의 말투, 꽂게 걸음 같은 것을 상상하면 이상하게도 마음이 편안해졌다.

중학교 시절 내내 호준은 끔찍한 교통사고를 목격한 후유증 때문에 매우 고통스러운 시간을 보냈다. 초창기엔 적극적인 병원 치료로 잘 넘어가는가 싶었다. 그러나 사고 발생 석 달 뒤, 피해자가 사망했다는 소식을 듣고는 완전히 무너져 내렸다. 피가 흥건한 흙바닥에서 다리가 꺾인 채 신음하던 피해자의 모습이 다시금 선명하게 떠올랐다. 심장이 가빠지고 머릿속이 아득해지자 저도 모르게 소이가 보고 싶었다. 외투도 걸치지 않고 악수바위로 달려간 바로 그날이었다.

그러나 막상 소이를 마주하자 아무 말도 할 수가 없었다. 우선 꼴이 말이 아니었고 소름이 돋아 닭살이 되어 버린 그 애의 팔뚝을 보자 '이건 아닌데……' 하는 후회가 밀려왔다.

그 이후 소이한테서 전화가 걸려 왔지만 입술을 꼭 깨문 채 심드렁하게 굴었다. 어떻게든 극복해 소이 앞에 멋진 남자로 나타나고 싶었으니까. 몸 근육은 물론 마음의 근육까지 탄탄하게 단련해 나중에 소이한테 그간의 사정 얘기를 하리라, 마음먹었다.

'어라, 마소이잖아.'

수돗가에서 손을 씻고 있는데 소이가 매우 빠른 걸음으로 쓰레기장 쪽으로 가는 게 아닌가. 쓰레기장 뒤편에 숨겨진 편백나무 숲으로 가는 게 분명했다. 그런데 뭔가 평소와는 많이 다른 모습이었다. 마치 이상한 나라의 앨리스가 토끼의 뒤를 쫓는 듯 걸음걸이가 여느 때와 달리 몹시 급하게 휘적거리는 모양새였다. 호준은 손수건을 꺼내 젖은 머리를 한 번 털어 준 다음 최대한 발소리를 죽여 소이를 따라갔다.

♣ ♥ ♠

조금 전 흥분에 못 이겨 일필휘지로 쓴 소위 '시절 첫사랑 반환 프로젝트'에 대한 개요와 마음가짐을 다시 읽어 보니 손발이 다 오글거렸다. 찢어 버릴까, 고민하고 있는데 사람 발소리 같은 것이 점점 더 가깝게 들렸다. 누구지? 혹시 선생님? 아니면 장화 신은 고양이? 설마, 아까 그 하얀 고양이가 장화라도 신고 다시 나타난 건가?

너무 놀라 벌떡 일어나는 바람에 비밀 노트가 떨어진 줄도 몰랐다. 대체 누구지? 반 학기 내내 이곳에 인기척, 아니 묘기척이 난 적은 한 번도 없었는데. 에이, 설마 하면서도 긴장을 늦추지 않고 있는데 곧 익숙한 목소리가 들렸다.

"마아소오이이!"

어휴, 저 망할 놈의 할친손 같으니라고. 여긴 또 어떻게 알고 찾아온 거야, 대체!

호준은 허락도 없이 소이 옆에 털썩 주저앉았다.

소이가 따져 물었다.

"여긴 어떻게 안 거야? 너, 나 스토킹하냐?"

"넌 너무 예측 가능해서 탈이야. 혹시나 했는데 역시나더라고."

"언제부터 안 거야?"

"학기 초부터. 신문지 들고 룰루랄라 소각장 건너가는 학생은 너밖에 없거든."

그나저나 둘이 이렇게 가까이에서 대화를 나누는 건 실로 오랜만이었다. 호준은 이때다 싶어 호흡을 가다듬었다.

"저기, 소이야, 한 가지 물어보고 싶은 게 있는데……."

"뭔데? 5초 이내로 빨리 물어봐. 나 학원 가야 해."

소이가 투덜거렸다. 아지트를 들킨 게 분해 호준의 목소리가 미세하게 떨리고 있다는 걸 눈치채지 못했다.

"됐어. 학원이나 가셔."

급속도로 차가워진 호준의 반응에 소이는 아차 싶었지만 이미 내뱉은 말이라 주워 담을 수도 없었다.

"왜 맨날 말을 삼키냐."

반성인지 짜증인지 모를 소이의 혼잣말을 흘려들은 호준은 소이가 깔아 놓은 신문지 위에 벌렁 눕더니 눈까지 질끈 감아 버렸다.

'더 이상 대꾸하기 싫다는 거지? 아, 열받아. 늘 이런 식이라니까.'

기분이 상한 소이는 가방을 챙겨 들고 뛰다시피 안전지대를 빠져나왔다. 뒤를 돌아보았지만, 호준은 여전히 신문지 위에 누워 하늘만 올려다보고 있었다.

'내가 너무했나. 어휴, 나도 내가 왜 이러는지 모르겠다, 정말.'

♣ ♥ ♠

"악!"

가방을 뒤져 비밀 노트를 찾던 소이는 경악을 금치 못했다. 안전지대에 비밀 노트를 두고 온 것이다. 아니, 반호준한테 비밀 노트를 헌납했다는 표현이 더 정확했다. 시력이 마이너스가 아니고서야 요란한 하드 커버의 비밀 노트를 못 볼 리 만무할 테니까.

'이를 어쩐다, 반호준 이름도 군데군데 있는데. 예의 바른 녀석이니 꾹 참고 안 봤을지도 몰라. 하지만, 하지만…… 내 노트가 맞는지 확인하느라 첫 장은 열어 보고도 남았을 거야. 젠장, 대놓고 첫사랑 반환 프로젝트 어쩌고 써 놓았으니 만약 봤다면 비웃느라 밤을 새웠겠지? 아, 이런 흑역사는 대체 어떻게 이별식을 해야 하는 거야? 자영이한테 전화해 볼까?'

소이는 휴대폰을 들었다 다시 내려놓았다. 내일 있을 쌍꺼풀 수술을 위해 초저녁부터 안정을 취해야 한다며 호들갑을 떨던 게 생각이 났으니까. 휴대폰 연락처를 아무리 뒤져 봐도 호준의 번호는 없었다. 소리도 없이 이사를 가 버린 후, 연락 한번 없는 녀석이 괘씸해 분노의 차단 의식을 거행했던 것이다.

'어유, 재수 없는 자식.'

속이 답답해 거실로 나간 소이는 냉장고에서 찬물을 꺼내 벌컥벌컥 들이켰다. 드라마에서 보면 갑갑한 일이 생길 때마다 물을 마시는 장면이 나오던데 다 근거가 있었군그래. 찬물로 마음속 불길을 다스린 뒤 방으로 돌아오니 카톡이 하나 와 있었다. 바, 반호준이었다.

'다행히 내가 차단을 한 게 아니라 삭제를 한 거였군.'

나대는 심장 대신 손가락에 미세한 진동이 실렸다. 카톡을 여는데 5초 이상 걸린 건 이번이 처음이었다. 하지만 바들바들 떠는 소이를 비웃기라도 하듯 호준의 메시지는 더할 나위 없이 단출한 두괄식 문장 한 줄이었다.

— 내일 만나. 이유는 네가 더 잘 알지?

— 어디서? 몇 시에?

— 악수바위. 11시.

— 악수바위라고?

— 응.

열이 오른 소이는 대답 대신 이응 자 두 개만 찍고 서둘러 톡방에서 나왔다. "너 내 노트 읽었어?" 물어보고 싶은 걸 꾹꾹 눌러 참으며. 게다가 악수바위 소리를 들으니 소이는 배 속까지 심하게 출렁거리는 기분이었다.

♣ ♥ ♠

집 근처 호수공원에 있는 악수바위는 초등학교 시절 호준과 소이가 종종 찾아가던 특별한 장소였다. 바위 모양이 마치 악수를 청하는 손 모양이라 모두들 악수바위라고 불렀다.

둘은 아웅다웅하다가도 악수바위 앞에만 서면 누구랄 것도 없이 손을 내밀었다. 아니, 화해를 하고 싶으면 일부러 악수바위 앞을 지나쳤다. 그런데 사라진 호준이 외투도 없이 악수바위 앞에서 오들오들 떨던 날 이후로는 둘 다 발길을 싹 끊었다. 소이는 소이대로, 호준은 호준대로 악수바위를 지나치는 게 불편하기 짝이 없었다.

바로 그 장소에 호준이 뒷짐을 진 채 서 있었다. 뒤에 감춘 것은 두말할 필요도 없이 소이의 비밀 노트일 것이고.

확실히 훤칠해지긴 했군. 예전엔 키가 악수바위 절반에도 못 미쳤는데 지금은 바위와 어깨를 나란히 할 정도가 되었다. 소이는 못마땅한 표정으로 호준을 흘겨보았다. 바위 쪽으로 걸어가는 소이의 발걸음이 무거웠다.

"많이 기다렸냐."

예의상 한 말이었는데 녀석은 얄밉게도 덥석 낚아챘다.

"늦을 줄 알았어. 하루 이틀 일이냐."

"웃기시네. 약속 잡고 만나는 건 거의 3년 만이거든. 어디서 약을 팔아?"

눈에 불을 켜고 반박을 하는데도 호준은 웃기만 했다.

"엄청 그리웠나 봐? 햇수까지 세고 있었던 걸 보면?"

"야, 착각도 심하면 병이다, 너. 그래, 이왕 말이 나왔으니까 일목요연하게 알려 주마. 말 한마디 없이 이사 간 것도 어이 상실인데 밴드는 노쇼, 카톡은 읽씹이었지. 용기 내서 전화했더니 겨우 한다는 말이, 내가 다시 연락할게, 지금은 경황이 없어서, 였고."

"전화 못 한 건 내 잘못이지만, 솔직히 이런 생각도 엄청 많이 했다. 마소이가 또 먼저, 지치지도 않고 허구한 날 전화를 걸어 주면 얼마나 좋을까, 하고."

"뭐, 뭐라고?"

"나름 롱 스토리가 있었어. 어제 말할까도 했는데 네가 급하게 가 버리는 바람에 기회를 못 얻었고. 그런데 온 우주가 발 벗고 나서서 이 반호준 님을 도와주신 듯. 네 비밀 노트를 읽고 나니 마음이 확 바뀌었거든."

어제라면 안전지대 편백나무 숲? 할 말이 있다더니 잠수를 탔던 지난 몇 년에 관한 풀 스토리였나. 학원 가야 한다며 무안을 줬던 일이 생각나 소이는 멋쩍어졌다. 하지만 입에선 제멋대로 맘에도 없는 가시 돋친 말이 튀어나왔다.

"관심 없고. 노트나 줘. 언제 적 악수바위냐."

버스로 네댓 정거장 떨어진 중학교에 다니면서도 마치 이민이라도 간 것처럼 굴었던 녀석의 속사정은 대체 뭐란 말인가.

'마소이, 너는 왜 예나 지금이나 솔직하지 못하냐. 변한 게 없네.'

다행인지 불행인지 호준은 전혀 예전 같지 않았다. 어렸을 때는 소이가 면박을 주면 주눅이 든 듯했는데 지금은 훌쩍 자란 키만큼 간도 부은 건지 표정부터 만만치가 않았다.

"뭐, 예상 답안이야. 그렇지만 순순히 돌려줄 마음은 전혀 없어."

"어째서?"

"내 얘기도 있더라."

"설마, 내 비밀 노트 다 읽은 거야?"

"당연하지. 이 재밌는 걸 어떻게 안 읽을 수가 있냐. 얼마나 흥미진진하던지 밤을 다 지새웠다, 내가."

"치사한 놈. 설마 했는데 읽었군그래. 어쩔 수 없지. 다 지나간 얘기고 거짓말도 아니니 부끄러울 건 없어."

애써 쿨한 척했으나 얼굴은 제멋대로 화끈거렸다. 찬물이 있다면 자신의 얼굴에 확 부어 버리고 싶은 심정이었다. 그 불그스레해진 뺨을 호준이 놓칠 리 없었다.

"근데 왜 얼굴이 불타는 고구마가 되셨을까. 아무튼 마소이 속마음을 알았으니 밤 꼴딱 새울 만했지. 아웃풋이 기대 이상이었거든."

호준은 소이를 놀리고 있으면 기분이 좋아졌다. 이 못된 심리는 대체 뭘까.

"말장난 그만하고 얼른 돌려주시지. 너 이거 엄연한 절도다, 절도."

"그럼 신고하든가."

호준이 이죽거렸다. 그러자 소이의 동공은 더 커졌다.

"야, 너 왜 그래? 이건 내 노트라고. 넌 주운 사람이고. 돌려주려고 만나자고 한 거잖아."

"만나자고 했지, 돌려준다고 한 적은 없는데."

소이는 얼른 휴대폰을 열어 어젯밤의 카톡을 확인했다. 진짜로 돌려준다는 말은 없었다.

'아, 뭐지, 이 찝찝한 기분은?'

녀석한테 걸려든 것 같은 기분이 끈적한 여름 날씨처럼 불쾌했다.

"아니, 이해가 안 되네. 다 읽어 봤으면 됐지, 안 돌려준다는 건 무슨 심보야?"

"너의 일곱 번째 첫사랑을 위해 그간의 시절 첫사랑 반환 프로젝트에 동참하겠단 뜻이지."

"뭐? 지금 뭐라고 했냐?"

"A4용지 한 장도 맞들면 나으니까."

"너 그렇게 한가해? 학원 안 가? 과외는 어쩌고?"

누가 들어도 옹색한 반론이었다.

"뭣보다 너무 즐거워. 오랜만에 활기가 돈는달까. 게다가 방학이라 시간도 있고."

"그러니까 할친손의 흥미 충전을 위해 나보고 희생양이 되어라, 이 말이냐, 지금? 내가 싫다면? 안 한다면?"

"그럼 뭐, 제일 먼저 소윤이 누나한테 일라인지 이라인지 그 느끼한 바리스타 부분 스캔본을 카톡에 첨부, 그러고는 전송. 투 스텝은⋯⋯."

"너 진심이야? 난 네가 그 정도로 바닥은 아니라고 생각하는데?"

"진심이야. 그리고 나 치사해. 설득은 반사, 거절은 거절."

소이의 노트를 백팩에 집어넣은 호준이 등을 돌려 성큼성큼 걷기 시작했다. 당황한 소이가 호준의 팔을 붙잡았다.

"뭐야, 은근슬쩍 팔짱 끼는 거야?"

불에 덴 듯 호준에게서 잽싸게 떨어진 소이가 오른손을 번쩍 들어 호준을 말렸다.

"알, 알았어. 같이해. 같이하면 되잖아. 이 징글징글한 할친손아."

나팔꽃처럼 환해진 얼굴을 한 호준이 승리의 브이 자를 만들어 보였다.

"진작 그럴 것이지. 내일 이 시간에 여기서 다시 만나. 스케줄 짜고 행동 요령 정리해야지. 넌 언제나처럼 10분 늦게 오면 돼. 기다리는 것도 꽤 설레고 재밌거든. 그렇다고 너무 늦지는 말고."

호준은 소이의 얼굴은 보지도 않은 채 중계방송을 하듯 떠들어 대더니 이내 소이의 팔을 잡고 빠른 속도로 악수바위를 벗어나기 시작했다.

10미터쯤 갔을까, 갑자기 걸음을 멈춘 호준이 소이 쪽으로 홱 몸을 돌렸다.

"이 노트는 인질이다. 줏대 없는 마소이, 딴소리하면 곤란하거든."

그러고는 멍한 소이를 남겨 두고 그대로 사라져 버렸다.

13
나도 누군가의 첫사랑이었을까

　소이는 마치 한바탕 꿈을 꾸고 난 것처럼 정신이 멍했다. 7월 1일부터 지금까지의 일들이 획획 스쳐 지나갔다. 몇 주 사이에, 누군가의 선물 같기도 하고 따뜻한 장난 같기도 한 사건들이 연달아 일어나니 쉽게 믿기지가 않았다.

　'우연찮게 행운의 숫자 7을 뽑았지. 그것도 연속 세 번씩이나! 쪽지시험 30초 전 후루룩 읽었던 부분이 7번 문제로 출제된 것도 모자라 매점 희귀템까지 일곱 번째 줄에 섰던 내 차지가 됐어. 더욱이 첫 조카 사랑이의 생일이 음력으로 7월 7일이라는 엄청난 우연도 겹쳐졌지. 난데없는 언니의 첫사랑 타령에 고딩이 된 후 까맣게 잊고 있었던 첫사랑들 비밀 노트도 불현듯 생각났고. 게다가 그 속엔 여섯 개의 시절 첫사랑이 있었어. 마치 행운의 숫자와 일치하는 일곱 번째 시절 첫사랑이 진짜 첫사랑이라는 걸 깨우쳐 주기라도 하려는 듯! 아, 이젠 더 말하기도 지치네. 흑역사와 이별하는 법을 가르쳐 준 특강 시간에도 7을 만났지. 7번 좌석에 앉았으니까. 여기까진 좋았는데, 정말 나이스였는데. 반호준, 이 징글징글한 놈이 나만의 아지트에 출몰하는 바람에 엉망진창이 됐어. 할친손 반호준은 대체 왜 내 첫사랑 반환 프로젝트에 관심을 갖는거지? 사는 게 심심한가?'

한 줄로 요약하기엔 턱없이 모자랄 만큼 다사다난했다. 애써 정리하고 난 뒤에도 머리가 어질어질할 만큼.

'하긴, 반호준이 아니라면 고양이 손이라도 빌리고 싶긴 해. 첫사랑 반환한다며 혼자 싸돌아다니는 건 아무래도 모양새가 좀 그렇잖아?'

이 생각 저 생각에 빠져 어떻게 왔는지도 모르게 집에 도착한 소이는 현관 앞까지 퍼진 그윽한 커피 향기에 코를 큼큼거렸다. 연차가 쌓였다며 하루 휴가를 낸 아빠가 부엌에서 커피를 내리고 있었다. 아빠는 당뇨 때문에 인스턴트커피를 과감하게 끊었다. 엄마에게 폭풍 잔소리를 들으면서도 빙글빙글 웃으며 하루에 서너 잔씩 마시더니 의사의 독설에 가까운 경고엔 화들짝 놀라 두 손 들고 말았다.

에스프레소에 뜨거운 물을 섞은 쓰디쓴 커피를 보니 일라이가 소환됐다.

'다른 건 몰라도 탬퍼는 꼭 돌려주고 싶은데……'

진짜 첫사랑을 위한 이별식 때문만은 아니었다. 진작 돌려줬어야 했는데 그러지 못한 것에 대한 후회랄까. 다른 사람도 아니고 부모님이 선물한 애틋한 물건이라는 점이 최종적으로 소이의 양심을 건드렸다.

"엄마는?"

아빠와 눈이 마주친 소이가 물었다.

"언니랑 병원."

"맞네. 우리 엄마 다음 달이면 할머니 되네."

"너는 이모고."

"아빠는 할아버지고."

딸과의 티키타카가 재미있는지 아빠가 킬킬거렸다.

"사람들이 뭐래?"

"부러워하지. 대학 동창들 중에서 내가 처음이거든. 손주 보는 거."

"왜 다들 처음 타령이야? 그게 뭐 대수라고."

시절 첫사랑 비밀 노트가 생각나 소이가 입술을 삐죽거렸다.

"좋잖아. 새롭고 설레고 각인 효과도 크고."

"싫잖아. 낯설고 예측 불가능하고 잘 잊히지도 않고."

"뭐냐, 우리, 만담 콤비냐."

"만담? 그게 뭔데?"

만담이란 말이지, 하고 아빠가 호흡을 가다듬으려는데 엄마가 들어섰다. 뭐에 수가 틀렸는지 얼굴이 붉으락푸르락했다. 그 모습에 둘은 입을 꾹 다물었다.

"아니, 내가 어디를 봐서 할머니야."

"이제 곧 할머니 되는 거 아냐?"

심드렁한 투로 소이가 되묻자 엄마가 더 길길이 날뛰었다.

"그건 그거고, 이건 아니지. 내 나이 올해 겨우 쉰셋이야. 노인들한테 물어봐. 요즘 쉰셋은 아기라고, 아기. 근데 어디서 할머니래. 이렇게 젊고 섹시한 할머니가 어디 있다고!"

"대체 누가?"

"옆집에 이사 온 되바라진 중학생 녀석. 엘리베이터에서 만났는데 대뜸 할머니, 안녕하세요, 그러잖아."

"엘리베이터에서 인사도 하고 썩 예의 바른 녀석이네."

아빠의 눈치 없는 대꾸에 엄마가 분노의 콧김을 내뿜었다.

"당신은 내가 할머니 소리를 들었는데 그깟 인사가 중요해?"

"그래도 인사는 받아 줬지? 엄마는 가식쟁이니까. 킬킬킬."

"아니! 열받아서 물어봤지. 내가 할머니처럼 보여?"

"그랬더니?"

소이도 궁금했다.

"자기네 엄마가 그랬다나, 옆집 아주머니 곧 할머니 된다고. 그래서 다시 물었지. 그럼 그렇지, 내가 할머니처럼 보여서 할머니라고 부른 건 아니란 거지? 이렇게."

"그, 그랬더니?"

긴장했는지 아빠가 더듬거렸다.

"맹랑하기 짝이 없는 게, 전 그냥 곧 할머니가 되신다고 해서 미리 할머니라고 불러 드린 건데. 이러잖아."

"와, 우문현답일세그려."

낄낄대는 아빠를 두 모녀가 동시에 노려보았다. 정말 눈치라곤 남은 커피에 타 마시려고 해도 없다니까. 쏟아지는 눈총에도 아빠는 자신이 무슨 잘못을 저지른 건지 도통 감을 잡지 못했다. 아니면, 감 없는 척하는 건가.

하는 수 없이 소이가 나섰다.

"아빠, 정답은…… 아뇨, 겉모습은 완전 아가씨인데요, 곧 손주가 태어난다고 해서 그냥 할머니라고 한 거예요. 기분 나쁘셨다면 죄송해요, 이거지!"

"빙고!"

아빠가 뒷머리를 긁적이자 엄마의 첫사랑 레퍼토리가 흘러나왔다. 시작됐다 하면 족히 한 시간은 잡아먹고도 남는, 첫사랑은 환상에 불과하다, 그러니 다시 만나 결혼까지 하는 불상사는 원천 봉쇄해라 어쩌고 하는.

"이렇게 눈치가 없는 줄도 모르고 첫사랑이랑 결혼한다고 들떠서는! 마소이, 넌 절대 첫사랑이랑 사귀면 안 돼. 그놈의 첫사랑은 그냥 가슴에 묻어 둬야 하는 건데. 연애 한번 제대로 못 해 보고 덥석 코가 꿰어서는, 쉰셋에 싸가지 중딩한테 할머니 소리나 듣고. 어유, 내 팔자야."

소이는 두 사람을 거실에 남겨 두고 발소리를 최대한 죽여 가며 방으로 돌아왔다. 아빠는 아마 오늘 밤새 시달릴 것이었다. 카페인 충만한 아메리카노까지 드셨으니 최소한 졸면서 듣지는 않겠네. 킬킬킬.

라디오 볼륨을 몇 단계나 높여 놓았나 보았다. 방문을 닫았는데도 흘러간 가요가 바로 옆에서 틀어 놓은 것처럼 선명하게 들렸다. 엄마식 언어로 해석하자면 저건 분명 '나 엄청 화났으니 건드리지 마라'였다.

"못다 한 사랑, 너무 아픈 사랑은 사랑이 아니었음을, 너무 아픈 사랑은 사랑이 아니었음을……."

소이가 전에도 들어본 노래였다. 봄 소풍 날이었나, 궁예인 척하는 통사 샘이 본인 노래에 자기가 취한 듯 눈까지 지그시 감고 한숨까지 섞어 부른 그야말로 후삼국시대 노래였다.

"자영, 너무 아픈 사랑은 사랑이 아닌 거야? 아파 죽을 것 같아도 사랑은 사랑 아냐? 왜 자꾸 아니래?"

"마이소이, 죽도록 아프기만 하면 그게 사랑이냐? 병이지!"

"그, 그런가."

마땅히 반박할 말이 떠오르지 않아 버벅거렸지만 한 가지는 확실했다. 소이에게 다섯 번째와 여섯 번째 시절 첫사랑은 너무 아픈 사랑이었다. 너무 아파서 할 수만 있다면 하루라도 빨리, 농담처럼 유쾌하게 떠나보내고 싶은.

지금으로부터 2년 전, 폭탄급 호르몬 변화로 인해 성에 대한 관심이 가속도로 치닫던 중2 때의 일이었다. 상대는 옆집 고1 오빠들이었고.

며칠 전, 반장이 툴툴거리며 하던 말이 떠올랐다.

"쳇, 교회 오빠, 옆집 오빠가 이젠 일반명사냐. 죄다 첫사랑이 교회 오빠 아니면 옆집 오빠래. 왜 우리 집 옆집엔 신혼부부만 이사를 오는 건데! 첫사랑 때문에 종교를 바꿀 수도 없고!"

그러자 자영이 들릴락 말락 하게 반장의 기를 확 죽이는 소리를 했다. 물론 소이 혼자 들었지만.

"얼굴이 예쁘면 길 가다가도 첫사랑이 생기는 법이야. 교회 백날 다녀 봐라."

맞는 말이었지만 물음표가 떴다.

"네 말도 맞는데 그건 자신이 누군가의 첫사랑이 되는 거고……. 반장 얘기는 자기가 좋아할 만한 사람을 만나고 싶다는 뜻 아닐까? 생각해 봐, 첫사랑 중 절반 이상이 짝사랑, 외사랑이라고. 너도 그렇잖아."

"어머, 난 아니거든! 우진 오빠도 은근히 날 좋아하는 게 확실해. 안 그러면 버스킹 보러 오라는 소리를 왜 했겠니. 그것도 나만 따로 불러서 조용히. 내 클라우드에 짝사랑 따윈 없다고!"

광분하는 걸 보니 정곡을 찔린 모양이었다. 누가 봐도 자영이 혼자만 애를 태우는 짝사랑이 분명하구먼.

그건 그렇고 누군가의 첫사랑이 된다는 건 소이가 이제껏 단 한 번도 생각해 본 적이 없는 화두였다. 자영의 말대로 누가 봐도 외모가 빼어난 사람은 길거리만 돌아다녀도 누군가의 첫사랑이 될 확률이 아주 높다는 건 인정. 이건 외모 지상주의라고 몰아붙일 만한 사안이 아니라고 봐야 하지 않을까. 그건 화학작용 같은 거라, 갓 태어난 아가조차도 예쁘고 멋진 사람한테 먼저 웃어 준다고 자영이가 그랬으니까. 그렇게 못 태어난 게 심히 유감이긴 하지만…… 솔직히 좌절할 일도 아니지 않은가. 사랑이 오로지 외모 순이라면 대한민국 여고생의 모든 첫사랑은 BTS 뷔 오빠나 강동원 아저씨급으로만 좁혀져야 할 것이다.

자영이만 봐도 그렇다. 그 애가 목을 맸던 교회 오빠는 잘생긴 것과는 거리가 멀었다. 아빠의 첫사랑인 엄마도 외모는 그럭저럭이다. 오죽하면 외할머니까지도 우리 자매가 아빠를 닮은 게 천운이라고 노래를 불렀겠는가.

'마소이가 평범하긴 해도 못난이는 아니니까. 그리고 사람은 꾸미기 나름이랬어. 타고난 분위기 뭐 그런 것도 한몫할 거고. 내가 또 나름 한 분위기 하잖아? 그렇다면 나도 누군가의 첫사랑인 적이 있었을지도 몰라. 호, 혹시 송인섭?'

소이는 이런저런 생각에 쉽사리 잠이 오지 않았다. 정작 커피를 마신 건 아빠인데 말이다.

14
첫사랑은 왜 가슴이 아린지

다시 소이의 다섯 번째, 여섯 번째 시절 첫사랑 이야기.

소이가 중학교 2학년이었던 당시 옆집으로 이사 왔다며 시루떡이 든 접시를 들고 온 그 오빠는 보통 키에 말랐지만 골격이 단단하고 카리스마가 넘쳤다. 처음 봤을 때 고개를 외로 꺾으며 소이를 건너다보던 눈빛엔 쉿가루 같은 단단함이 묻어 있었다. 그런데 씨익 하고 웃으니 입꼬리가 올라가며 귀여운 반달 모양의 보조개가 팼다. 거부할 수 없는 반전 매력이랄까. 옆집 오빠가 중2병 소이의 머릿속에 저장되는 데는 불과 30초도 걸리지 않았다.

저녁 식탁에서도 소이는 줄곧 옆집 오빠의 입꼬리 보조개를 떠올렸다. 그런 소이의 속내를 들여다보기라도 한 듯 소윤이 시루떡을 쩝쩝 씹으며 옆집 오빠에 대한 정보를 술술 풀어내기 시작했다.

"이 떡 갖고 온 고딩, 춤추는 애라며? 어째, 공부랑은 철벽 친 것처럼 보이더라."

이사 날, 이삿짐을 옮기던 오빠를 보고 옆집 아저씨가 "아들! 힘든 춤 춰 대는 놈이 그깟 박스 하나 들고 부들거리긴!" 하며 놀리는 걸 들었다나 뭐라나.

소윤의 이야기에 소이는 심장이 덜컹 내려앉았다. 역시, 평범한 고딩들한테서는 볼 수 없는 초자연적인 음이온의 정체가 바로 그거였군. 그 뭐냐, 작품을 감싸고 있는 묘한 기운 같은 것 말이다.

'그 오빠는 팔다리가 작품이니, 언뜻 보기만 해도 아우라가 넘치겠지.'

이사 온 지 2주 차. 아파트 현관 앞에서, 엘리베이터에서, 큰길 건너 편의점 앞에서 딱 세 번 본 게 전부인 옆집 오빠는 어느새 뇌 속까지 비집고 들어와 화학작용을 일으키는 것도 모자라 심장 지진까지 유발하고 있었다. 공연예술고등학교에 다닌다는 정보는 소윤이 물어다 준 것이었다. 1학년이고 이름이 김태오라는 것도.

한 가지 충격적인 건 태오가 춘다는 그 춤의 정체였다. 소이네 식구들은 모두 힙합이나 아이돌 댄스 정도로 생각했다. 어설픈 지레짐작이었다.

"발레라고? 그럼 그 껄렁한 녀석이 발레리노라는 거야?"

가장 놀란 건 아빠였다. 아빠도 외모만 보고 모범생은 아닐 거라고 굳게 믿어 버렸으니까.

"민망하기 짝이 없는 쫄쫄이 입고 여기저기 펄럭거리며 뛰어다니는 놈들 말하는 거냐?"

오랜만에 시골에서 올라온 외할머니가 생각만 해도 부끄럽다는 듯 고개를 좌우로 흔들었다.

"엄마, 발레는 예술이야, 예술. 민망하다니. 그리고 요즘은 쫄쫄이, 아니 레깅스가 대세야, 대세. 요즘 젊은 애들은 다들 그러고 다닌다고요."

어떻게든 수습해 보고자 엄마가 애를 썼으나, 고집 센 할머니는 물러서지 않았다.

"소이 볼까 봐 겁난다."

"여자든 남자든 레깅스는 좀 민망하지만…… 발레리노라니, 완전 멋진걸!"

마소윤, 젊은 꼰대 같으니라고. 그래도 멋지다고 칭찬을 다 하고, 완전 의외인걸!

그 순간, 소이의 눈에 옆집에서 준 시루떡이 보였다. 받은 날 다 먹지 못해 냉동실에 꽁꽁 얼려 뒀던 걸 찜기에 새로 쪄 낸 것이었다. 할머니를 위한 특별 간식인 셈이었다.

도파민이 용기로 전환된 걸까. 중2쯤 되고 보니 인생 별것 없다, 원하는 게 있으면 당장 가져야지 하는 생각이 지배적이어서인지 소이의 입에서 이런 말이 튀어나왔다.

"떡 접시에 참외 하나라도 담아 보낸 거 맞아? 그냥 떡만 먹고 입 싹 씻은 거야?"

잘 쪄진 시루떡을 손으로 떼어 먹던 할머니가 맞장구를 쳤다.

152

물론 이걸 노린 거지만.

"그러게. 답례는 제대로 한 게냐?"

엄마의 눈빛이 흔들리는 게 보였다.

"접시 돌려줘야 하는데, 이래저래 바빠서 아직 못 췄네. 뭘 담아야 하지?"

"그럼 엄마, 접시 나 줘. 인사도 할 겸 내가 드리고 올게."

일요일이니 태오도 분명히 집에 있을 터였다. 다행히 여우 같은 소윤은 소이의 비밀작전에도, 발레리노 태오한테도 전혀 관심이 없었다. 장차 남편이 될 형부를 꼬시느라 혈안이 되어 있었으니까.

당황한 엄마가 냉장고로 달려가 할머니가 해 온 오이소박이를 꺼내 접시에 얌전히 담기 시작했다.

'오, 예!'

소이는 속으로 환호성을 질렀다. 동시에 뇌와 연결된 심장이 점점 세차게 두방망이질을 해 댔다. 쟁반에 접시를 놓고 그 위를 깨끗한 비닐로 덮은 소이는 옆집 문 앞에서 길게 심호흡을 했다. 솔직히 믿기지 않았다. 이사 온 뒤 겨우 세 번 본 고등학생 오빠한테 사랑 비슷한 감정을 느낄 줄이야. 이건 뭐, 예고편은커녕 연습문제를 풀 여유조차 없었다. 그야말로 무작위적으로 우연히 찾아온 시절 첫사랑이었다.

"누구세요?"

목소리의 주인공은 태오였다. 소이는 한껏 목을 가다듬었다.

"네, 옆집에서 왔어요."

그 말에 육중한 아파트 현관문도, 태오의 미소도 활짝 열렸다.

2주가 지났는데도 태오네 거실은 어수선했다. 태오가 멋쩍어하며 소이를 소파가 있는 곳으로 안내했다.

"미안, 어수선하지? 우리 가족이 워낙 게을러서. 대충 앉아. 커피, 콜라, 주스, 우유, 스프라이트?"

태오는 중저음의 낮은 톤으로 물었다. 드라마에서 보면 명품 걸친 세련된 여자들이 군더더기 하나 없는 말투로 '괜찮아요. 전 그냥 물이면 돼요. 저스트 워러' 그러던데, 너무 도도해 보이려나.

입술을 꼼지락거리고 있으려니 딱 봐도 화끈한 성격의 태오 엄마가 바나나우유를 가져와 소이 앞에 내밀었다. 그것도 정중앙에 빨대까지 꽂아서.

쳇, 태오 오빠한테 어떻게 보일지 엄청 신경 쓰는 중인데 바나나우유가 뭐람, 모양 빠지게.

"안녕하세요. 옆집 둘째 딸 마소이입니다. 엄마가 떡 잘 먹었다고 이거 드리래요."

오이소박이를 받아 든 태오 엄마의 얼굴이 달덩이처럼 환해졌다. 정말 그것까진 좋았는데, 그랬는데…….

"세상에 귀여워라. 너 오늘부터 우리 집 막내딸 해라. 우린 아들만 둘이라 영 재미가 꽝이야. 소이처럼 귀여운 딸 있으면 맨날 업어 주고 맛난 거 해 줄 텐데. 안 되겠다, 당장 너희 엄마한테 가서

너 한 달만 빌려 달라고 해야겠다. 엄마 집에 계시지?"

부끄러움은 자신의 몫이라는 듯 태오의 미간이 난감함으로 잔뜩 찌푸려졌다.

"못 말려, 정말. 소이가 당황하잖아."

"왜. 너도 소이 같은 동생 있었으면 좋겠다고 그랬잖아. 그치, 지오야?"

예고도 없이 화장실에서 등장한 또 다른 고등학생은 바로 태오의 쌍둥이 동생인 지오였다. 세상에, 둘은 정말 똑같이 생겼다. 목 뒤까지 내려오는 기다란 헤어스타일까지.

바나나우유에 꽂은 빨대를 입에 문 채 자동반사적으로 동공이 커진 소이를 보더니 둘은 동시에 폭소를 터뜨렸다.

"아, 웃겨. 쟤 표정 좀 봐. 말풍선이 열두 개는 떠 있네."

온몸에 가벼움이 묻어 있는 지오가 손가락으로 소이를 가리키며 허리를 잡고 웃어 댔다. 태오는 미안해하며 얼른 지오의 입을 틀어막았다.

'와, 중2 시절 첫사랑이 일란성 쌍둥이라니. 오래 살다 보니 별일이 다 있네, 정말. 그나저나 나 같은 동생이 있었으면 좋겠다고 했다는 거지? 그렇지?'

장난기 가득한 지오와 주책맞은 엄마를 대신해 연신 사과의 눈빛을 보내는 태오를 보니 소이는 왠지 예감이 좋았다. 이번 시절 첫사랑은 뭔가 잘될 것 같아.

셋은 태오 엄마가 내온 수박을 먹으며 질의응답 시간을 가졌다. 질문은 주로 지오가 했고 대답은 소이의 몫이었다. 태오는 빙긋이 웃거나 추임새 정도만 넣었다. 저런 게 발레리노의 품격인 건가.

"바, 발레 한다면서요?"

태오를 향해 지나가는 말처럼 물으니 지오가 또 빵 터졌다.

"누가? 태오가? 헐, 우리가 그렇게 똑같이 생겼나? 하긴 우리 아빠도 종종 헷갈려 하니까 말 다 했지, 뭐."

똑같이 예술고등학교에 다니는 건 맞지만 태오는 실용음악 전공이었고, 발레를 하는 건 지오였다. 순간, 소이는 머릿속이 뒤죽박죽이 됐다. 대체 그동안 마주친 사람은 둘 중 누구란 말인가. 아까 지오가 껄껄 웃을 때 입꼬리 보조개를 확인했어야 했는데. 설마 일란성이라 보조개도 둘 다 똑같이 있는 건 아니겠지? 아유, 머리야.

"팁 하나 줄까? 우리 둘 구별하는 법?"

빙글거리며 지오가 말했다. 속마음을 들킨 것 같아 소이의 동공이 또 경미한 지진을 유발했다.

"네?"

"모르는 척하기는. 얼굴에 다 써 있어. 누가 누군지 모르겠네, 젠장. 이렇게."

당황한 소이를 위해 태오가 또 나섰다.

"지오 말이야, 조만간 머리 **빡빡** 민대. 청소년 창작 발레 주인공이 됐거든."

"아, 네."

지오는 수박 하나를 집으며 말했다.

"걱정 마. 지금까지 마주친 건 다 태오니까. 우린 오늘이 첫 만남이고. 다시 한번 반갑다, 깜찍아."

깜찍이 소리에 깜짝 놀란 소이는 두 입술을 한껏 말아 넣었다. 실실 새어 나오려는 웃음을 원천봉쇄하기 위한 소이만의 긴급 처방이었다.

그 모습을 보곤 지오가 또 와하하, 웃었다.

'왜 이렇게 온몸이 간지럽지?'

한마디로 좌불안석이었다. 좋으면서도 얼른 집에 가고 싶은 이 이중적인 심정은 대체 뭔지. 넌 오늘부터 우리 집 막내딸이다, 또 놀러 와야 한다는 말을 귀에 딱지가 앉도록 듣고 난 뒤에야 소이는 탈출할 수 있었다. 머리가 다 어질어질했다.

♣ ♥ ♠

방에 들어선 소이는 얼른 비밀 노트를 펼쳐 들었다. 뭔가 쓰지 않고는 견딜 수 없었기 때문이다. 그런데 쓰다 보니 좀 이상했다. 태오에 대해 쓸 작정이었는데, 한 줄 한 줄 늘어 갈수록 지오에 대한 이야기가 더 많아졌던 것이다.

이틀 뒤, 엄마와 함께 대형 마트에 다녀오던 소이는 1층 엘리베이터 앞에서 태오 혹은 지오와 맞닥뜨렸다. 한 번만 마주쳐라, 한 번만 마주쳐라, 노래를 불렀는데 하필 엄마가 옆에 있는 어정쩡한 상황에 기회가 오다니. 하늘도 무심하시지.

태오 혹은 지오라고 한 건 여전히 구분이 안 됐기 때문이다. 태오 혹은 지오가 엄마를 향해 꾸벅 인사를 했다. 소이도 부끄러운 듯 손을 들어 화답했고. 그러고는 엘리베이터 앞에 나란히 섰다.

'태오였으면 좋겠어? 아니면 지오?'

까만 드레스에 삼지창을 든 마음속 악마가 비웃듯이 물었다. '당연히 태오 오빠지'라고 하려다 소이는 멈칫했다. 인정하기는 싫었지만 그만큼 지오의 존재감은 강렬했다. 상대적으로 태오의 존재감은 점점 그 크기가 작아졌다. 이건 또 무슨 해괴망측한 상황이람. 한 형제를 파탄으로 몰아넣을 순 없는데!

호르몬이 과다 분비되고 있는 중2 소녀가 혼자 비련의 소설을 지어내고 있자니 엘리베이터가 도착했다. 안으로 들어서려는데 태오 혹은 지오가 소이에게 두 번째 인사를 건네며 씨익 웃는 게 아닌가. 자신을 못 알아볼까 봐 매우 걱정하는 눈치였다.

"안녕, 나 태오."

그 짧은 찰나에 소이는 생각했다. 자신이 기다리던 사람은 태오가 아니라 지오일 수도 있다는 걸. 설마, 어떻게 사랑이 이렇게 쉽게 변하니. 지오 오빠에 대한 감정은 그냥 임팩트라고 해 두자. 강렬하긴 했으니까. 어정쩡하게 서서 웃지도 못하고 있는데 엄마가 나섰다.

"이해해 줘, 태오야. 우리 소이가 중2잖니. 대략 난감 새침에 감정 기복 최고조, 알지? 멋진 오빠들 이사 왔다고 싱글벙글 오이소박이 들고 나갈 땐 언제고."

태오는 소이가 마냥 귀여운 듯 배시시 웃기만 했다. 오이소박이를 가져다준 날 보여 준 배려가 생각나 소이는 미안함이 가중됐다. 그렇다고 해서 미꾸라지처럼 요동치는 마음을 억지로 밟아 누를 수는 없었다.

태오는 엄마의 장바구니를 문 앞까지 들어다 주었다. 저렇게 '쏘 스윗'한 남자를 두고 다소 껄렁해 보이는 지오한테 자꾸 마음이 끌리는 건 왜일까.

'사랑은 케미라던데, 케미는 원래 이렇게 두서가 없는 건가? 의리는 더 없고?'

주책없이 들썩거리며 자꾸 돌아다니는 마음이 부끄러워 소이가 큰 숨을 내쉬었다.

"고맙다, 태오야. 시간 날 때 놀러 와. 맛있는 감자전 부쳐 줄게."

엄마의 접대용 멘트에 태오가 반색을 했다.

"정말요? 정말 놀러 가도 돼요?"

"당근이지."

대답은 엄마가 했는데 얼굴은 소이가 빨개졌다. 진짜 놀러 오면 어쩌지, 고민하느라 하루, 설마 혼자 오진 않겠지? 지오 오빠랑 같이 오겠지? 걱정하느라 하루, 못 지킬 약속은 하는 게 아니지! 분노하느라 하루가 갔다.

나흘 뒤, 엄마가 다급하게 소이를 찾았다.

"소이야, 옆집 오빠들 놀러 왔다. 너한테 줄 거 있대."

'예고도 없이 들이닥치면 어떡해?'

얼른 틴트를 덧바르고 머리도 똥 모양으로 올려 묶었다. 옷은 다행히 새로 산 삼선 트레이닝복이었다. 꽤 날씬해 보이는. 심호흡을 세 번이나 한 뒤 거실로 나가 보니 머리를 빡빡 민 지오와 풍성한 머리칼을 귀 뒤로 넘긴 태오가 엄마가 내온 주스를 홀짝이고 있었다. 발레를 한다는 고딩이 궁금했는지 외할머니까지 서둘러 나와 앉아 있었다.

'아씨, 창피하게.'

미간이 일그러지려는데 지오가 소이의 팔을 잡아끌었다.

"얼른 앉아. 막냇동생, 너 보려고 왔잖아."

긴 머리도 잘 어울렸지만, 빡빡머리도 찰떡이었다. 딱 봐도 예술가 포스가 폴폴 풍겼다.

"어때, 이제 확실히 구분되지?"

낄낄대는 지오 옆에서 입가에 보조개를 피우며 슬그머니 웃고 있는 태오를 보자 죄책감이 느껴졌다. 다행히 끊임없이 호구조사를 해 대는 엄마와 할머니 덕분에 어색함은 금방 사라졌다. 유용

한 정보도 꽤 많이 수집했고.

'소란하기 그지없는 우리 가족이 때론 내 연애에 도움을 주기도 하는군.'

둘은 고소한 감자전을 세 장이나 먹어 치웠다. 처음엔 탐색하듯 노려보던 할머니도 지오의 애교와 태오의 의젓함에 이내 무장해 제가 된 것 같았다. 아빠 빼곤 사방팔방 여자뿐인 우리 집에 목소리도 굵은 남학생이 둘이나 등장했으니 흥분할 만도 했다.

"소이야, 다음 주에 지오 공연이 있어. 나랑 보러 가자. 그래도 되죠, 소이 어머님?"

아줌마가 아니라 소이 어머님 소리에 엄마가 감동을 크게 받은 것 같았다. 눈에서 하트가 폭죽처럼 연거푸 터지는 걸 소이는 놓치지 않았다.

♣ ♥ ♠

태오와 함께 공연장으로 출발하려는데 할머니가 등 뒤의 먼지를 털어 주며 귓속말을 했다.

"스님이냐, 예수님이냐?"

그 말인즉슨 좋아하는 오빠가 머리 긴 태오냐, 빡빡머리 지오냐, 하고 묻는 것이리라. 그 순간엔 할머니 말이 너무 웃겨 깔깔거렸으나 꽃집 앞에서 기다리고 있을 태오를 만나러 가는 내내 둘 중 누구일까, 심각하게 따져 보게 되었다.

'시절 첫사랑 복이 터졌네, 터졌어. 작년엔 다른 애들 사랑 얘기만 귀에서 피가 나도록 들었는데 말이야. 아, 너무 괴롭다. 태오 오빠는 스윗하고, 지오 오빠는 마성의 매력이 넘치고.'

생각은 그렇게 했지만, 솔직히 지오한테 15도 이상 더 기울어진 소이였다. 그래도 따뜻하기 그지없는 태오를 버릴 순 없었다. 그 사이 지오를 두 번 정도 더 마주쳤는데 그는 소이가 진짜 막냇동생이라도 되는 양 두 볼을 슬며시 꼬집기까지 했다. 태오랑은 어설프게 손을 스친 게 전부인데.

발레를 보는 건 생애 최초의 일이었다. 솔직히 설렘보다 걱정이 더 앞섰다. 몸에 쫙 붙는 스키니 발레복을 입고 할머니 말대로 여기저기 뛰어다닐 지오를 상상하니 기분이 묘했다. 게다가 발레 같은 클래식엔 영 젬병이었다. 태오도 옆에 있는데 눈꺼풀이 감기기라도 하면 딱 죽고 싶을 것이었다.

그러나 지오가 출연한 창작 발레는 내 예상과 달랐다. 발레복 대신 청바지를 입고 있었고 극의 전개도 거의 연극에 가까워 지루할 틈이 없었다. 중고등학생의 감성에 완벽하게 부합하는 그런 창작극이었다.

커튼콜이 끝난 뒤 손바닥에 불이 날 만큼 열심히 박수를 치는데, 갑자기 태오가 알지? 하는 표정으로 고개를 끄덕였다. 아닌 게 아니라 여기저기에서 하나둘씩 일어나 꽃다발을 들고 무대를 향해 걸어갔다.

태오와 소이를 발견한 지오는 윗니가 다 보이도록 환하게 웃었다. 그러고는 태오를 오른쪽, 소이를 왼쪽에 세우고는 양팔로 둘을 세게 끌어안았다. 꽃다발을 든 소이는 그렇게 얼떨결에 세상에 단 한 장뿐인 폴라로이드 사진 속 주인공이 되었다. 폴라로이드 사진을 찍어 준 단발머리 여학생은 "세 사람, 더 바짝 붙어!"라며 앵글을 정리하는 데 심혈을 기울였다.

"오호, 막둥이! 와 줘서 탱큐! 폴라로이드는 당분간 좀 맡아 줘. 나중에 찾으러 갈 테니 버리면 안 된다, 절대로!"

지오는 폴라로이드 사진이 다 마를 때까지 소이의 어깨에서 팔을 풀지 않았다. 소이한테는 더 이상 터져 나갈 심장도 없었다.

"네."

모기만 한 소리로 답하자 지오가 소이의 머리칼을 마구 흩트렸다. 그게 못마땅했는지 태오가 소이의 팔을 낚아채 무대에서 내려갔다.

'어떻게 버리겠어요. 중2 때 시절 첫사랑들과 찍은 유일무이한 사진인데!'

그랬다. 그 사진은 유일무이한 것이었다. 그 뒤로 옆집 오빠들과 함께 프레임 속 피사체가 될 일은 없었으므로.

뒤풀이에 가야 한다며 혼이 쏙 빠져 있는 지오를 뒤로하고 소이와 태오는 버스정류장 쪽으로 천천히 걸어갔다. 태오는 어딘가 기운이 없어 보였다.

"오빠, 어디 아파요?"

걱정스러운 소이의 눈빛에 태오가 발걸음을 멈췄다.

"내가 태생이 좀 그래. 지오랑 나, 헤어스타일만큼 성격도 완전히 반대거든. 난 한없이 땅굴 파고 들어가는 성격인데, 지오는 늘 유쾌 발랄하고. 소이 너도 지오가 더 편하지?"

태오는 뭔가 알고 있는 사람처럼 쓸쓸한 미소를 지어 보였다. 보조개도 한없이 처량해 보일 만큼.

"아, 아닌데요. 전 오빠가 더 잘 맞는 것 같아요. 저도 내향적이라……."

속으로 뜨끔했지만 나름 잘 대처했다고 생각한 순간 버스가 도착했다. 태오가 소이의 손을 잡아 쥔 채 뛰기 시작했다. 덩달아 소이의 심장도 크게 뛰었다.

703호, 704호가 갈라지는 지점에서 태오가 물었다.

"내일 잠깐 나랑 어디 좀 가자. 소이 네가 있으면 용기가 생길 것 같아."

"어디요?"

"내일 말해 줄게. 시간 돼?"

"네, 뭐."

"고맙다, 소이야."

그제야 태오의 보조개가 화사해졌다. 마치 얼음처럼 딱딱한 땅을 뚫고 보들보들한 연둣빛 새싹이 돋아난 것처럼.

♣ ♥ ♠

그러나 다음 날에도, 그다음 날에도 태오에게선 소식이 없었다. 벨을 누르겠다는 소리에 하루 종일 편의점에도 안 가고 기다렸는데. 그러고 보니 셋은 서로 전화번호도 몰랐다.

심장이 칼로 베인 것처럼 따가웠다. 머릿속은 흡사 폭우가 지나간 것처럼 흙탕물 범벅이었고. 따뜻하고 친절한 태오가 이처럼 허무하게 약속을 저버릴 사람은 아니야, 뭔가 사정이 있을 거야, 하고 생각하면서도 섭섭함을 감출 수 없었다. 게다가 며칠 내내 옆집은 문소리도 들리지 않을 만큼 적막강산이었다.

며칠 뒤, 엄마로부터 태오에 관한 소식을 들은 소이는 터져 나오는 눈물을 주체할 수 없었다. 지오의 공연이 있던 날 밤, 심각한 우울증을 앓고 있던 태오의 병이 심해져 자해로 이어지는 바람에 또다시 병원에 입원했다는 것이다. 못다 챙긴 짐을 가지러 온 태오 엄마는 소이 엄마의 질문에 속사정을 털어놓았다고 했다.

"며칠 전 우리 소이가 하루 종일 태오 기다렸는데. 다들 급하게 여행이라도 갔다 온 거야?"

"중3 때부터였나, 한번은 이마를 미친 듯이 책상에 내리찍더라고요. 상처가 크게 나서 꿰매기까지 했어요. 이사 와서 나아진 줄 알았어요. 본인도 그렇게 얘기했고. 소이가 너무 귀엽다며 좋아하길래 정말 밝아졌구나, 다행이다 싶었는데……. 아무래도 지오 공연 보고 다시 나락으로 떨어진 것 같아요. 구김살 없는 지오의 명랑함이 보기 힘들었는지, 아니면 밝은 지오한테 모두 호감을 보이니 그게 상처였는지……. 아, 정말 모르겠어요. 다 내 잘못 같아. 태오도 태오지만 지오도 걱정이에요. 자기 탓이라면서 공연이고 뭐고 다 때려치우고 태오 옆에만 붙어 있겠대요. 대체 어찌해야 좋을지 모르겠어요."

엄마한테 이 얘기를 전해 들은 소이는 미안함이 솟구쳐 가슴이 찢어질 듯했다. 자신 역시 태오를 벼랑 아래로 떨어뜨리는 데 한몫한 것 같았기 때문이다. 앞머리를 늘어뜨린 채 희미하게 보조개가 파이도록 웃던 태오와 알토란 같은 시원한 머리를 반짝이며 장난스레 윙크를 건네던 지오가 소이의 머릿속에서 어지럽게 떠다녔다.

무엇이 그토록 태오를 힘들게 한 걸까. 한 배 속에서 한날한시에 나왔는데 긴 머리와 빡빡머리처럼 또렷한 성격의 차이를 유발하는 건 대체 어떤 호르몬의 장난인지. 게다가 공연 다음 날, 태오는 소이를 데리고 어디에 갈 작정이던 걸까. 모든 게 의문투성이였지만 누구에게도 답을 들을 순 없었다.

몇 달 뒤, 옆집 오빠들은 아무 일도 없었다는 듯 집으로 돌아왔지만, 소이의 감정은 예전 같지 않았다. 아니, 그럴 수가 없었다.

소이는 태오에겐 환하게 웃어 주었지만, 지오는 본체만체했다. 그게 옳다고 믿었다. 지오도 다 안다는 듯 새침한 소이를 탓하지 않았다. 장난을 걸거나 손으로 소이의 머리칼을 흩트리는 짓은 더더군다나 하지 않았다.

그렇게 시간은 흘러 소이는 중3 겨울방학을 맞이했다. 고3을 코앞에 둔 옆집 오빠들은 대입에 집중하기 위해 학원가 근처의 친척 집으로 거처를 옮겼다. 아니, 그랬다는 소문만 주워들었다. 소이네 가족이 외할머니를 모시고 베트남 다낭으로 여행을 간 사이, 두 옆집 오빠는 쪽지 한 장 없이 홀연히 사라졌으니까.

사실 여행 가기 일주일쯤 전, 소이는 지오가 다니는 발레학원에 찾아간 적이 있었다. 더 늦기 전에 폴라로이드 사진을 되돌려주고 싶어서였다. 고등학교 입학 전에 뭔가 주변 정리를 하고 싶었다. 하지만 지오 옆에 있는 태오를 보자 도둑질이라도 하다 들킨 것처럼 뒤도 돌아보지 않고 뛰쳐나왔다.

비밀 노트엔 구구절절 적혀 있었다. 중간중간 눈물 자국도 보였고, 지오와 태오랑 같이 찍은 사진은 노트 맨 뒷장에 붙어 있었다. 그것까지 반호준 녀석이 이미 다 봤겠지만.

❺, ❻ 김태오, 김지오. 공연예술고 다니던 옆집 쌍둥이 오빠들
열다섯 살(중2 때) 시절 첫사랑들
♥ 첫사랑 아이템 : 셋이 찍은 폴라로이드 사진

두 사람은 내게 상처였다.

그 누구도 내게 화를 내지는 않았지만 나는 뭔가 대단히 큰 잘못을 한 것 같은 죄책감에 시달렸다.

처음엔 분명 태오 오빠를 좋아했는데 어느새 지오 오빠에게로 향하는 마음을 어쩌지 못했다.

그게 부끄럽고 미안해 그 뒤로 두 사람을 똑바로 쳐다볼 수 없었다.

지오 오빠 공연 때 찍은 폴라로이드 사진을 돌려줄 수는 있는 걸까. 꼭 돌려주고 싶은데…….

태오, 지오 오빠가 나를 상처가 아닌 추억으로 기억했으면 좋겠다.

두 사람을 생각하면 마음이 찌릿찌릿한 게 쓰리기까지 하다.

(★왜 시절 첫사랑인가. 가슴이 미치도록 아팠던 최초의 사랑이니까.)

15
지나가는 바람이 아니었다면

"어머, 이게 누구야? 호준이 아냐?"

앞머리를 헤어롤로 만 소이가 침대에 걸터앉아 우유를 마시려는데 거실이 소란스러웠다. 소이는 자신의 귀를 의심했다. 누구라고? 반호준이 우리 집에 왔다고?

"세상에, 설마 이 치자 화분 나한테 주는 거니?"

잔머리 대장 같으니라고. 소이는 반색하는 엄마의 목소리 톤만 들어도 알 수 있었다, 엄마가 훌쩍 커 버린 데다 꽃까지 들고 나타난 능글맞은 반호준한테 홀딱 반했다는 걸.

왜 이렇게 오랜만이냐, 너무 멋있어져서 밖에서 보면 못 알아보겠다, 밥은 먹었냐, 부모님은 작년 말 한국에 들어오셨다더니 잘 계시냐, 가평 내려간 할머니는 자주 오시냐 등등 영양가가 없는 근황 토크가 계속 이어졌다. 마침내 이야깃거리가 거의 떨어져 갈 즈음 엄마가 소이의 방문을 두드렸다.

"아이고, 내 정신 좀 봐. 소이야, 마소이!"

새초롬한 표정으로 문을 여니 엄마가 호준을 방으로 거의 밀어 넣다시피 했다.

"호준아, 소이 방에서 편하게 놀아. 금방 간식 가져다줄게. 방문은 안 열어도 된다. 다른 사람도 아니고 우리 호준인데."

얼씨구. 누가 보면 엄마 아들인 줄. 호준은 쭈뼛거리지도 않고 책상 아래 의자를 빼 털썩 앉았다.

"이젠 뭐, 놀랍지도 않네. 우리 집 동, 호수까지 기억하고 있다니. 머리 좋은 것도 인정!"

"아줌마도 뵐 겸 겸사겸사. 그리고 집 주소는 노트 뒷장에 떡하니 적혀 있던걸."

"진짜? 내가 집 주소까지 적어 놨다고? 그럴 리가 없는데. 어디 좀 봐."

"연기 연습 좀 더 하는 걸로. 그런 잔꾀에 속아 넘어가기엔 내가 너무 컸달까. 어리숙한 예전의 반호준이 아니란 말씀."

팔짱을 낀 채 입술을 삐죽거리는데 호준이 정신 차리라는 듯 손가락을 튕겨 딱 소리를 냈다.

"방학 첫 주라 학원도 휴강이니 이번 주가 마소이 첫사랑들 이별식 하기엔 딱이지. 오늘부터 당장 시작해 보자고. 내 생각엔 첫 이별식으로 두 번째가 좋을 것 같아. 그 양아치 야구부 녀석 말이야."

"도저히 이해가 안 돼서 그러는데, 대체 내 첫사랑들 이별식에 네가 더 흥분하는 이유가 뭔데? 재밌을 것 같아서, 뭐 그런 말도 안 되는 오답 말고 진짜 이유를 대 봐."

"재밌을 것 같아서가 정답인데? 신나고 흥분돼. 꼭 영화 찍는 것처럼. 솔직히 너도 나쁘지 않잖아. 의지도 되고, 전략 세우기도 좋고."

"이제 와서 갑자기? 같은 고등학교 다니게 되니까 옛날 우정이 막 되살아나고 그러냐?"

"내가 너 그 얘기 할 줄 알았다. 사람은 누구나 사정이란 게 있다는 생각 안 해 봤냐. 아무튼 아침부터 싸우느라 기운 빼지 말고 2번부터 시작하자고."

"좋아. 노트를 생각해서라도 내가 참아야지. 그건 그렇고 왜 두 번째야? 조석모에 대해 뭐 아는 거라도 있어?"

"응. 여전히 야구한다고 하더라. 휘문고 야구부래."

"근데 뜬금없이 연락하면 날 좀 미친 애 취급하지 않을까? 아니면 아직도 자기를 좋아하고 있다고 착각하거나."

"나도 그 생각은 했지. 아, 그 전에 다짐받아 둘 게 하나 있어. 첫 번째부터 여섯 번째까지 말이야, 미련 같은 건 전혀 없는 거지?"

"몇 번을 말하냐. 내 찐 첫사랑은 일곱 번째라고. 앞으로 오게 될 순도 백 퍼센트 진짜 첫사랑을 위해 레드카펫은 못 깔아 줘도 장애물은 치워 줘야지, 안 그래?"

"그럼 됐어. 미리 약속 잡아 놓은 보람이 있군그래."

"뭐라고?"

♣ ♥ ♠

소이와 호준은 석모의 야구부 우산을 가방에 챙겨 넣고 길을 나섰다. 소이는 "이게 뭐라고, 마음이 결연해지냐" 하고 혼잣말을 하며 긴 다리로 성큼성큼 앞서가는 호준의 뒤를 부지런히 따라갔다.

약속 장소는 석모네 집 근처의 작은 공원이었다.

"내가 먼저 만나고 있을 테니 너는 나중에 톡 받으면 나타나."

"대체 뭔 소리로 약을 판 거야? 서로 반도 달랐으면서."

"머리는 말이야, 생각이란 걸 하라고 있는 거거든. 그래서 내가 생각을 좀 했지. 플롯을 짰달까."

"구라 친다는 걸 길게도 얘기하시네."

"죽마고우 마소이, 그 예쁜 입으로 말도 좀 예쁘게 하시지. 구라가 뭐냐, 구라가. 선의의 거짓말이라면 또 모를까."

소이는 예쁜 입이라는 소리에 자동반사적으로 입술을 안으로 말아 넣었다. 그 모습이 웃겼는지 호준이 배를 잡고 웃어 댔다.

"내 사촌 동생이 초등학교 4학년인데, 야구선수가 되고 싶다고 울고불고 난리다. 이것 때문에 집안이 시끄러운데 네 의견을 꼭 좀 듣고 싶다. 연락처는 윤재 통해서 받았다. 뭐, 이 정도?"

'꼭'에 넣은 방점이 석모의 마음을 움직인 걸까. 하긴, 석모 녀석도 나한테 거짓말을 했지. 파란 하늘 뭉게구름 우산을 자기 여친한테 줬으니까.

소이는 마스크를 코 위까지 올려 쓰고 반대편 벤치에서 기다렸다. 그러자 몇 분 안 돼 진짜로 웬 녀석이 뭉그적거리며 나타나 호준의 시야를 가로막는 게 아닌가. 순간, 소이는 자신의 눈을 의심했다. 뒷주머니에 손을 찌른 채 예의 그 껄렁한 걸음걸이로 호준 앞에 등장한 석모의 키는 거의 초등학교 때 그대로였다. 호준과 나란히 서니 거짓말 조금 보태 머리 하나 차이가 났다.

초등학생 같지 않은 우월한 키와 덩치, 그리고 고등학생 같은 포스 때문에 석모를 좋아했던 소이로선 그야말로 놀랄 노 자였다. 마치 세월이 흘렀는데도 석모의 시간만 제자리걸음을 한 것처럼. 동시에 자음동화가 생각나 미소가 새어 나왔다.

어느새 나란히 앉은 둘은 꽤 진지하게 이야기를 이어 나갔다. 틈틈이 웃음소리도 들렸고. 키는 작았지만, 어깨가 떡 벌어진 석모는 호준이 사 온 찬 음료를 벌컥벌컥 마셨다.

— 5분 뒤에 이리로.

드디어 호준에게서 톡이 날아왔다. 미리 화장실에 다녀오길 잘했다 싶었다.

'연습한 대로 잘해야 할 텐데.'

소이는 두 사람의 눈에 띄지 않게 공원을 에둘러 걸었다. 그러면 5분 정도 후에 맞은편 정자에 당도할 것이었다.

소이가 나타나자 석모가 신기하다는 듯 뚫어져라 소이를 쳐다봤다.

"마소이, 진짜 반갑다. 호준이랑 절친이라며?"

마치 어제 만난 사이처럼 허물없이 대하자 당황한 소이의 입술이 한껏 안으로 말려들어 갔다. 저 능청스러운 녀석, 기름기 가득한 건 예나 지금이나 변함이 없군. 소이의 이름 석 자는 정확하게 기억하고 있었지만, 자신이 소이의 시절 첫사랑이었다는 건 전혀 모르는 눈치였다. 하긴, 인기가 워낙 많았어야지. 게다가 열두 살 주제에 미모의 여친까지 있었고.

'석모가 내 시절 첫사랑이니 어쩌니 하는 소리는 입도 뻥긋 안 했겠지? 한 번 더 주의를 줬어야 했나.'

혹시라도 그랬다면 소이는 반호준을 이 공원에 묻어 버릴 작정이었다.

"대충 얘기는 들었어. 네가 내 야구부 우산을 갖고 있다고? 유명한 프로야구 선수가 되면 스타 애장품 경매에 부칠 수도 있으니 꼭 돌려줘야 한다고. 진짜 감동이다, 마소이."

와, 와, 와. 호준의 언변에 다시 한번 놀란 소이는 침착하게 말했다.

"그렇지. 네 이름까지 손글씨로 써 있는 우산이라 도저히 못 버리겠더라고."

기다렸다는 듯 호준이 우산을 꺼내 석모에게 건넸다. 석모는 킬킬거리며 자신의 볼품없는 검정 우산을 활짝 폈다.

"내 거 맞네. 근데 어쩌냐. 이젠 꼴도 보기 싫은데."

"왜? 어째서?"

호준과 소이는 동시에 외쳤다.

"어유, 눈치코치 없긴. 날 봐, 야구하기엔 불리한 신체 조건이잖아. 아무리 애써도 키가 더는 안 자라더라. 이래 가지곤 국내 프로리그는커녕 대학 야구부도 힘들어."

석모의 눈가가 촉촉해졌다.

"그래서 야구 그만둔 거야? 그런 얘기 전혀 없었잖아."

"난 그냥, 호준이 네 동생이 나처럼 힘든 길을 걷게 될까 봐 걱정돼서 나온 거야. 헤어질 때쯤 털어놓을 작정이었고. 야구 때문에 휘문고에 왔는데 더는 여기 못 있겠더라. 다음 학기엔 일반고로 전학 가려고 준비 중이야. 사실 아킬레스건도 크게 다쳤어. 낙오자가 된 것 같아서 집구석에만 처박혀 있었는데, 호준이 전화 받고 정신이 번쩍 났어. 나도 4학년 때 야구 처음 시작했거든."

"그, 그랬구나."

석모는 소이의 우산에 관해선 희미한 기억 한 조각조차 없는 듯 보였다. 어떻게 잊을 수가 있지? 그 우산이 얼마나 유니크했는데! 게다가 풀 죽은 듯한 그 애의 얼굴을 보자 파란 하늘 뭉게구름 우산 얘기는 물 건너간 것 같은 예감이 들었다. 쓰디쓴 인생의 좌절을 맛보고 있는 석모에게 파란 하늘 뭉게구름 우산의 행방에 대해

꼬치꼬치 캐물을 용기도 없었다. 운동선수 출신 아닐까 봐 힘줄이 솟은 손등을 보자 소이는 마음이 더 짠했다.

"나오길 참 잘한 것 같아. 이 우산 얘기 듣자마자 그만 징징대고 정신 차리라는 뜻인가 싶었거든. 오늘부로 야구와 멋지게 이별하라는. 더는 괴로워 말고 쿨하게 보내 주라는."

석모는 우산을 다시 접더니 손바닥으로 토닥토닥 두들겼다. 그동안 수고했다는 듯, 눈물 나게 고생 많았다는 듯. 그러고는 몇 미터 앞 쓰레기통에 우산을 던져 넣는 게 아닌가. 그것도 왕년의 야구부 투수답게 원샷원킬로.

"야구부 시절이여, 안녕, 잘 가!"

쓸쓸한 목소리로 안녕을 고하는 석모의 뒷모습을 바라보며 소이는 조용히 한숨을 내쉬었다. '안녕, 잘 가!'는 소이가 준비한 이별식 대사였다. 검정 야구부 우산을 석모에게 고이 돌려주며 속으로 이렇게 외칠 작정이었는데.

'두 번째 시절 첫사랑이여, 안녕, 잘 가!'

♣ ♥ ♠

석모와 헤어진 뒤 공원에서 나오던 소이는 말로는 설명하기 힘든 묘한 성취감을 느꼈다.

"줄곧 이게 맞나 싶었는데 홀가분해하는 석모를 보니 정말 잘

했다 싶다. 그 애한테 도움이 된 것 같아 엄청 뿌듯한데, 나만 그런 거야?"

"어쩌면 석모는 자신의 속마음을 털어놓을 대나무 숲 같은 존재가 필요했을지도 몰라. 그나저나 파란 하늘 뭉게구름 우산 얘기는 꺼내지도 못했네. 꼭 찾아 주고 싶었는데, 어쩌냐."

호준이 파란 하늘 뭉게구름 우산이라고 여덟 글자를 정확하게 읊는 바람에 소이는 주춤했다. 꼭 찾아 주고 싶었다고? 이 녀석 또 사람 심쿵하게 하네. 아, 짜증 나. 반호준의 번지르르한 언어에 또다시 속아 넘어갈 순 없어. 마음의 매듭을 고쳐 매며 소이가 가늘어진 눈으로 호준을 쏘아보았다.

"됐고, 다음은 몇 번째 첫사랑이야?"

묻고 나니 뭔가 주객이 전도된 것 같아 소이는 머쓱해졌다. 반대로 호준의 얼굴엔 화색이 돌았고.

"내일은 탬퍼부터 정리하자. 그 카페, 아직도 있는 것 같더라고. 그리고…… 마지막 주엔 좀 멀리 가야 할 수도. 음…… 송인섭 말이야, 대전에 살거든. 인섭이는 과학고 다니고, 걔 형은 카이스트 다녀. 이번엔 솔직하게 얘기했어. 소이 네가 손목 보호대를 돌려주고 싶어 한다고. 카이스트 견학도 할 겸 대전 놀러 갈 테니 만나자고. 넌 몰랐겠지만, 인섭이랑 나, 5학년 때 같은 반이었고 지금까지 연락하는 사이야."

충격을 연타로 받아서인지 뒷골이 다 당겼다. 소, 송인섭이랑 친구였다고? 소이는 분에 못 이겨 뒤에서 호준의 목을 한 팔로 감아 목 조르기를 시도했다. 키 차이 때문에 소이는 저절로 까치발이 됐다.

"오늘 내가 널 묻고 자수해야지 싶다. 이 양파 같은 놈아."

호준이 픽, 하고 비웃으며 가볍게 소이를 둘러업었다. 그러고는 버스정류장까지 경중경중 뛰기 시작했다.

"야, 너 미쳤냐. 얼른 내려놓으라고!"

당황한 소이가 호준의 두 귀를 잡아 흔들자 그제야 내려 주었다.

"내일도 악수바위에서 만나. 10분 늦게 오는 거 잊지 말고."

소이는 자기 할 말만 하고 뒤도 돌아보지 않고 뛰어가는 호준의 뒷모습을 한참 동안 바라보았다. 지나가는 바람이 아니었다면 발 그레하게 물든 뺨은 꽤 오랫동안 식지 않았을 것이다.

16
솔직히, 솔직하기는 힘들어

두 번째 첫사랑을 보낸 뒤 집에 돌아오니 부엌이 소란스러웠다. 곧 언니와 형부가 온다는 거였다. 산달이 얼마 남지 않은 소윤을 위해 엄마는 부지런히 오겹살 애벌구이를 하고 있었다. 소윤은 임신 초기엔 입덧이 심해 새콤한 레몬 사탕만 줄기차게 까먹더니 이젠 식욕이 거의 폭발할 지경이었다.

'오늘은 제발 무사히 넘어가기를.'

소윤이 온다고 하니 소이는 벌써부터 긴장이 됐다. 산달이 다가오자 걱정, 두려움, 초조함이 배가 된 소윤의 신경세포가 더 예민해졌기 때문이다. 특히 지난번 형부의 첫사랑 사건 이후로 둘은 부쩍 다툼이 잦았다. 순하디순한 형부도 첫사랑에 대해서만큼은 자신만의 철학이 확고했다. 어설픈 거짓말 같은 건 하지 않았다.

'쳇, 언니가 당당할 건 또 뭐야. 연애쟁이였으면서 형부더러 첫사랑이라고 거짓말이나 하고.'

하지만 팔이 안으로 굽는다고 언니의 연애담을 형부한테 일러
바칠 마음은 전혀 없었다. 아무리 얄미워도 동생이라면 그 정도
의리는 있어야 한다고 소이는 생각했다. 특히 소윤의 대학 시절
첫사랑이었던 일라이 오빠에 관해선 소이도 마냥 떳떳할 수만은
없었던 것이다.

묵은지 오겹살 구이에 디저트로 아이스크림을 먹을 때까지는
더할 나위 없이 좋았다. 그날은 소윤도 소이도 기분이 썩 괜찮았
으니까. 그러나 역시 방심은 금물이었다.

"마소이, 사랑이 태어나면 선물 뭐 해 줄 거야?"

"선물?"

마소윤의 특기는 훅 치고 들어와 김 빼기, 취미는 딴지 걸기와
동생 방 뒤지기가 틀림없다. 고등학생이 뭔 돈이 있다고 선물 타
령이람. 물론 비싼 건 아니지만 선물은 해 줄 생각이었다. 마우스
가 닳도록 쇼핑 앱을 뒤지는 중이었으니까. 그것도 행운의 숫자
인 7월 7일에 태어날 귀한 조카인데, 그냥 넘어갈 순 없었다. 그런
데도 '선물?' 하고 되물은 건 김이 팍 새서였다. 알아서 할 건데 꼭
저렇게 초를 치는 언니가 얄미워 소이는 부아가 치밀었다.

"설마 입 싹 닦으려고? 첫 조카인데?"

아니, 왜 말을 저렇게 한담. 내가 언제 안 한다고 했냐고. 소이는
슬슬 심정이 사나워지기 시작했다.

"알아서 할게. 관심 꺼."

"물이보지도 못하냐? 말하는 싹퉁머리하고는. 저러니 남자친구 하나 없지."

형부가 그만하라는 듯 언니의 무릎을 토닥였다. 엄마 아빠가 분리수거를 하러 나갔기에 망정이지 같이 있었다면 셋이 모두 한마음이 되어 배가 남산만 한 언니 편을 들기에 바빴을 것이다.

"맞아. 싸가지가 없어서 남친도 없어. 그러는 언니는 좋겠네. 고딩 때부터 연애 박사 마소윤이라서!"

연애 박사 소리에 소윤의 표정이 딱딱하게 굳었다. 순간, 역린을 건드렸다는 걸 깨달았지만, '이미 쏘아 버린 화살'이었다. 어떻게 수습해야 할지 몰라 고개를 푹 숙인 채 아이스크림만 퍼먹고 있는데 형부가 껄껄 웃었다.

"우리 자기, 이렇게 예쁜데 따라 다니는 남자가 어디 한둘이었겠어. 우리 처제도 곧 생길 거야. 뭐, 대학 가서 사귀면 더 좋고."

눈치 제로 순둥이인 줄로만 알았는데 의외로 고단수일세. 어쩌면 형부야말로 알고도 모른 척하는 기술이 거의 최상급인 의뭉 대장일 수도 있겠다 싶었다.

화해의 손길을 먼저 내민 건 소윤이었다. 자신의 아이스크림 위에 놓인 싱싱한 체리를 소이한테 넙죽 덜어 주었으니까. 전적으로 태교 때문이겠지만 그래도 반가웠다. 머쓱해진 소이도 한마디 했다.

"사랑아, 이모가 목소리가 좀 커서 말이야. 화낸 거 아니니까 마음에 담아 두지 마. 이모는 우리 사랑이가 음력 7월, 그것도 7이 두 개나 붙은 7월 7일 칠석날 태어나서 정말, 진짜, 왕, 대박 좋아. 알지?"

♣ ♥ ♠

'꾸미지 않은 듯 꾸며야 해.'

소이는 한 시간째 거울 앞에서 의상 및 헤어스타일 단장에 여념이 없었다. 그러다 문득 짜증이 났다. 반호준이 남친도 아닌데 왜 이렇게 신경을 쓰는 거야.

1분도 안 돼 새침해진 소이가 머리를 아무렇게나 올려 묶었다. 그러다 또 감정이 바뀌었다.

'아냐, 초라해 보이는 건 더 최악이야. 힘 좀 주자, 마소이. 녀석이 놀리면 이렇게 반박하면 돼. 시절 첫사랑들 앞에 후줄근한 모습으로 나타날 순 없잖아, 이렇게.'

흰색 바탕에 검은색 스트라이프 반팔 니트를 입고, 무릎 위까지 오는 짧은 흰색 데님 치마를 받쳐 입은 소이는 신발장을 열어 굽 낮은 여름 스니커즈를 골랐다. 시원하고 발랄해 보이는 게 대만족이었다.

그런데 이게 웬일이람. 호준의 티셔츠도 검은색 바탕에 흰색 줄무늬가 아닌가.

"누가 보면 커플룩인 줄."

호준은 부끄러워하지도 않고 깔깔 웃었다. 널리고 널린 게 줄무

늬 셔츠이지만 상대가 호준이라면 얘기가 좀 달랐다. 안 그래도 하루 종일 붙어 다녀야 하는데 옷까지 맞춰 입고 돌아다니다 아는 사람 눈에라도 띄면 그야말로 오해가 풍선처럼 부풀어 올라 빵 하고 터져 버릴 테니까 말이다. 옷을 갈아입고 나와야 하나 고민하고 있는데, 호준이 소이의 손을 잡고 걸음을 재촉했다.

"멍 좀 그만 때려. 오늘 스케줄 엄청 빡세다고."

소이도 못 이기는 척 뛰다시피 걸었다. 뭐, 상대가 호준이라면 오해를 받아도 나쁠 건 없지. 솔직히 이런 생각도 있었다.

"알았으니까 손 좀 놔."

"부끄러워하기는. 초딩 땐 자기가 먼저 내 손 덥석 잡았으면서."

"뭔 소리야. 내가 언제. 그리고 땀이 나서 그런 거거든. 누가 부끄러워한다는 거야, 대체?"

먼저 손을 잡았다고? 소이로선 전혀 기억에 없는 일이었다. 지금 부끄러워한 건 맞지만.

"맞네, 맞아. 말이 길잖아."

어유, 못 당하겠다, 정말. 소이는 자포자기한 채 호준의 손에 이끌려 버스에 올랐다.

"저기 커플 학생들, 여기 앉아."

버스 뒤쪽으로 가 대충 빈자리에 찢어져 앉으려는데 두 자리 좌석을 다 차지하고 있던 아주머니가 둘을 보고는 벌떡 일어섰다. 아주머니는 비어 있는 한 자리로 재게 옮겨 앉으며 버스 안의 모든 사람이 다 알아들을 만큼 큰 소리로 외쳤다.

"저리 가 앉아, 나란히."

호준은 허리가 90도가 되도록 "감사합니다"를 외친 후 얼굴이 홍당무가 된 소이를 창가에 주저앉히다시피 했다. 그러고는 뻔뻔하게도 슬며시 머리를 기대 오는 것이 아닌가.

"남친 연습, 오해 금물. 오늘 콘셉트가 커플이잖냐."

"뭐, 그 정도야. 대신 오늘 음료는 할친손 네가 쏘기다."

덜렁거리는 심장 단추를 꼭 채우며 소이가 덤덤한 척 말했다. '저리 안 가?' 어쩌고 하며 소란스레 구는 건 왠지 속이 더 빤히 들여다보일 것 같았다. 벌써 조는 건지, 듣고도 못 들은 척 연기를 하는 건지 호준은 미동도 없었다. 그렇게 둘은 일곱 정거장을 갔다.

♣ ♥ ♠

둘은 '일라이 커피' 가게 앞에서 미리 짜 놓은 전략을 한 번 더 점검했다. 전략이랄 것도 없었다. 누가 먼저 어떻게 말을 꺼낼지 순서를 정하는 것이었으니까. 처음엔 소이가 말꼬를 트기로 했었다. 하지만 막상 유리창 너머의 일라이를 보자 순식간에 마음이 바뀌었다. 소이는 호준의 옷자락을 만지작거리며 통사정을 했다.

"나 그냥 집에 갈래. 도저히 못 하겠어. 도둑 취급하면 어떡해. 아니, 경찰서가 코앞인데 신고라도 하면……."

"설마. 용기가 가상하잖아. 안 버리고 간직해 준 것도 눈물 나게 고맙고."

"그, 그럴까?"

바들거리는 소이의 떨림이 느껴졌는지 호준이 소이의 어깨를 자신의 두 팔로 꼭 감쌌다.

"다른 건 몰라도 이건 네가 직접 주는 게 맞는 것 같다. 때로는 정직이 최선인 거야."

"쳇, 잘난 척하기는."

"엇, 고개 숙여!"

일라이가 갑자기 고개를 돌리는 바람에 둘은 화들짝 놀라 주저앉고 말았다. 그러다 소란스러움에 가게 앞을 살피러 나온 일라이의 레이더에 딱 걸리고 말았다.

"안 들어오실 거예요?"

"네, 네. 지금 들어가려고요."

호준은 소이를 끌고 가게 안으로 들어갔다. 주로 배달이랑 포장 판매를 하는 곳이라 다행히 가게 안은 텅 비어 있었다.

"두 분, 뭐 드릴까요?"

일라이가 앞머리를 쓸어 넘기며 보드라운 톤으로 물었다. 줄곧 고개를 숙이고 있느라 소이는 호준이 일라이의 뒤통수를 향해 입술을 삐죽거리는 것을 보지 못했다.

"저는 에스프레소 로마노로 주시고요. 제 여친은 일라이라테 주세요."

와하하, 일라이의 웃음보가 터진 건 바로 그때였다.

"소이야, 마소이. 이젠 고개 좀 들지 그래?"

놀란 호준이 동작을 멈췄다. 소이는 눈을 동그랗게 뜨고 고개를 들었다. 뭐야, 일라이 오빠, 날 알아본 거야?

"어, 어떻게 아셨어요?"

"어, 어떻게 모를 수가 있니. 내가 소이를 얼마나 귀여워했는데. 근데 이젠 제법 숙녀 티가 나네."

"하하, 숙녀라니 당치 않은 말씀. 아직도 코찔찔이 애라고요, 하하."

호준이 어색한 발연기로 밉상 소리를 해 댔다. 웃으라고 하는 소리인지, 친한 척하는 일라이가 얄미워서 던진 말인지는 알 수 없었다.

"잠깐만 기다려. 커피 내려 줄 테니 마시면서 얘기 나누자."

일라이가 주방 쪽으로 건너가자 소이가 종주먹을 들이댔다.

그러자 호준은 팔짱까지 낀 채 지지 않고 삐죽거렸다.

"왜. 뭐. 저렇게 느끼한 형이 뭐가 좋다고."

그런 호준이 귀여워 소이는 순간 풋, 하고 웃음이 났다.

"다 옛날 얘기다. 그건 그렇고…… 저는 에스프레소 로마노로 주시고요, 제 여친은 일라이라테요. 쳇, 커피 한 모금도 못 마시는 주제에 되게 멋있는 척은."

이번엔 소이가 호준의 말투를 흉내 내며 '놀림거리 하나 추가'

186

라는 듯 빙글거렸다. 일라이가 주문한 음료를 들고 나타나지 않았다면 둘은 서로를 놀리는 재미에 빠져 이곳에 온 목적조차 까맣게 잊어버릴 뻔했다.

"둘이 사귀는 거야? 옷도 맞춰 입고. 보기 좋다. 진짜 잘 어울려."

호준의 표정이 그제야 환해졌다. 녀석은 기쁨에 취해 온갖 폼을 다 잡으며 에스프레소를 들이켰다. 어디서 본 건 있어 가지고. 소이는 속으로 웃으며 일라이라테를 천천히 음미했다.

"역시 바리스타계의 스타! 라테 미쳤다, 정말."

"맞아. 블로썸 레시피 그대로야. 여기서도 인기 메뉴고. 그나저나 널 보니 추억 돋는다. 언니는 잘 있지? 결혼했다는 소식은 들었어."

호준은 아무렇지도 않게 소이의 라테를 맛보았다. 그것도 소이가 먹던 쪽으로. 뭐야, 저 녀석. 남친 연기에 지나치게 몰입한 거 아냐? 자신을 알아봐 준 일라이가 반가우면서도 여전히 신경계의 절반은 호준에게 가 있었다.

'정신 차려, 마소이. 여기 온 목적을 달성해야지.'

"언니 다음 달에 엄마 돼요. 허니문 베이비거든요."

혼전 임신이라는 말은 차마 할 수 없었다. 그래도 그렇지, 허니문 베이비 소리도 하지 말 걸 그랬나?

"알아. 소윤이가 내 대학 후배잖아. 동창들이 끊임없이 소식을 퍼다 나르더라. 그렇게 일찍 결혼할 줄은 몰랐는데."

잠시 어색하기 짝이 없는 침묵이 이어졌다. 일라이는 추억으로 가는 특급열차에라도 탑승한 듯 창밖만 내다봤다.

일라이라테가 거의 바닥을 보일 때쯤 소이가 어렵사리 입술을 뗐다.

"저, 오빠……. 할 말이 있어요. 이거요, 오빠 탬퍼."

뽁뽁이에 감싼 탬퍼를 건네자 예상외로 일라이의 표정이 복잡 미묘해졌다.

"언니가 가져다주래? 하긴, 안 버리고 돌려주는 것만 해도 고맙지. 이걸로 뒤통수를 맞는 건 아닌가 상상하면서 움찔한 적도 있었는데."

뭔 소리지? 하고 있는데 머리 좋은 호준이 그새 상황을 간파한 듯 모범 답안을 읊어 대기 시작했다.

"소윤이 누나는 전혀 모르는 얘기예요. 버리려고 놔둔 걸 소이가 알아보고 돌려주자고 한 거고요. 저도 찬성했어요. 딱 봐도 보통 물건은 아니라서."

"맞아. 염치없지만 솔직히 돌려받고 싶긴 했어. 나한텐 큰 의미가 있는 거라서. 처음 바리스타 됐을 때 이탈리아로 여행 간 부모님이 피렌체 공방에서 주문 제작해 선물해 준 탬퍼거든. 두 개였는데 한 개는 소윤이한테 줬고, 나머지 한 개는 어디서 흘렸는지 모르게 잃어버려서 얼마나 속상했는지 몰라. 아무리 찾아도 없더라고."

"아, 네."

'염치없다'는 단어에 깃든 반전 스토리는 대체 뭘까. 어쨌든 자신이 찼다는 언니의 말은 거짓말이 분명했다. 누가 들어도 저건, 내가 찼다는 말의 우회적인 표현이었다.

게다가 일라이는 이 탬퍼가 어디서 흘렸는지 모르게 잃어버린 것이 아닌, 자신이 소윤에게 준 것이라고 굳게 믿고 있었다. 이런 걸 다행이라고 해야 하나, 불행이라고 해야 하나.

짧은 침묵을 깨고 계속해서 배달 주문 알람이 울렸다. 일라이가 급하게 자리를 뜨자 그제야 소이는 굳은 얼굴 근육을 폈다. 호준이 소이의 손을 덥석 움켜쥔 것도 바로 그때였다.

"얼른 이별식하고 나가자."

"아, 알겠어."

소이는 눈을 질끈 감고 속으로 이렇게 외쳤다.

'첫 번째 시절 첫사랑이여, 안녕, 잘 가! 일라이 오빠가 빌런이라는 걸 알게 된 것만으로도 내겐 너무나 의미 있는 이별식이야.'

둘 사이에 어떤 이별 스토리가 있는지 알 순 없지만, 때로는 모르는 게 약일 수도 있는 법이다. 소이는 일라이 때문에 불쑥불쑥 언니에게 못되게 굴었던 자신을 생각하며 골똘해졌다.

이윽고 배달 주문을 모두 처리한 후 여유 시간을 갖게 된 일라이가 소이의 손에 종이가방 두 개를 들려 주었다.

"우리 와이프도 임신 중이라서. 임산부한테 좋은 재료만 넣고 구운 거니까 언니 가져다줘. 내가 줬다는 소리는 하지 말고. 하얀 가방은 소이 네 거야. 남자친구랑 나눠 먹어. 그리고 소이야, 이 탬퍼, 가져다줘서 정말 고마워."

고맙다는 말에 소이의 가슴이 미세하게 요동쳤다. 내가 홀가분하고 싶어서 찾아온 건데 상대방이 더 고마워하는 아이러니한 상황이 벌어지다니. 석모도 그렇고 일라이 오빠도 그렇고 묵은 숙제라도 해치운 듯 시원한 표정이네. 이런 게 보람이라는 건가.

'누가 뭐래도 오빠는 내 첫사랑이에요. 시절 첫사랑 중에서도 맨 처음 첫사랑. 서열 1번이요. 하지만 이젠 쿨하게 보내 줄게요. 다시 한번 안녕, 잘 가요.'

흐뭇해진 소이도 마음속으로 인사를 건넸다.

그런데 버스정류장을 향해 가는 내내 호준은 뭔가 불만스러운 듯 혼자서만 앞서 걸었다. 소이가 참지 못하고 호준의 옷자락을 잡아당겼다.

"뭔데?"

"헐, 눈치챘어? 나 오늘 잠 한숨도 못 잘 것 같아. 에스프레소 원 샷했잖아. 밤에 혼자 깨어 있는 거 너무 싫은데. 무섭단 말이야."

"뭐라고? 덩치는 산만 한 게!"

"그게 덩치랑은 상관없다고. 책임져, 마소이."

"내가 왜?"

"너 때문에 마시게 된 거잖아. 결자해지 몰라?"

"대체 어떻게 책임지라는 거야?"

"밤새 통화해. 나 잠들 때까지. 이참에 나머지 첫사랑들 어떻게 정리할 건지 세부안도 좀 짜고."

"너랑 나랑?"

"당연하지! 너랑 나랑!"

"알겠어, 알겠다고. 결자해지인지 우격다짐인지는 모르겠지만."

"오, 예!"

환호성을 지르며 어린아이처럼 좋아하는 호준을 보자 소이는 이상하게도 기분이 몽글몽글해졌다. 녀석이 웃는 걸 보는 게 싫지 않은 건 분명 우정 때문이겠지? 그렇겠지?

♣ ♥ ♠

"솔직히 4번은 '안녕, 잘 가!' 할 만한 수준도 아니지 않냐? 아이돌에 목맸던 중딩이 어디 너 하나도 아니고. 네 말대로 로열석 티켓은 나중에 경매에 부쳐. 그게 뭐 경매 거리가 될지는 모르겠지만."

"준준 오빠가 요즘 글로벌 대세인 거 몰라? 나중에 한몫 챙길 때 손이나 벌리지 마셔. 돈 앞에선 우정도 휴지 조각인 거 알지? 우리처럼 서로의 유희를 위해 뭉친 얄팍한 우정은 더더군다나."

"유희? 얄팍? 우정? 우리 마소이 양, 언어 실력 많이 늘었네. 됐고, 그럼 4번은 깔끔하게 정리된 거지?"

"그렇다고 봐야겠지?"

"오케이. 그럼 마침표 쾅이다. 문제는 5번, 6번인데…….."

소이는 태오, 지오에 대한 이야기가 불편했다. 정확한 이유를 말로 설명하기도 힘들었고.

"야, 반호준. 안 졸려? 벌써 12시 반이야."

"응, 안 졸려. 눈이 말똥말똥해."

"그러게 왜 척을 하고 난리야. 에스프레소가 너랑 어울리기나 하냐?"

"에스프레소 먹는 놈은 뭐 따로 있냐. 그건 그냥 진하게 추출한 카페인 덩어리에 불과하다고."

"갑자기 궁금해서 그러는데, 네 첫사랑은 누구냐?"

혹 치고 들어온 소이 때문에 호준은 말문이 막혔다. 전화였기에 망정이지 안 그랬다면 당황하는 모습을 고스란히 들킬 뻔했다. 대체 얘는 알고 묻는 거야, 모르고 묻는 거야.

"첫사랑 그거, 그냥 정신이상 같은 거야. 호르몬 조절 기능 실패랄까."

호준은 에스프레소, 그까짓 것 그냥 카페인 덩어리야, 와 같은 톤으로 첫사랑 얘기를 무마하려고 했으나 미묘하게 목소리가 떨려 나왔다. 하지만 소이는 눈치채지 못했다. 소이는 별일 아닌 일에는 예민하기 그지없고, 제발 알아줬으면 하는 일에는 무디기가 한이 없는 독특한 성격의 소유자였으니까.

"그러니까 누구냐고? 호르몬에 의한 일시적인 정신이상 상태를 만든 그 비련의 주인공 말이야."

어라, 마소이. 예전 같지 않네. 대충 안 넘어가고 집요하게 물고 늘어지는데. 호준은 그게 싫지만은 않았다. 그건 관심이 있다는 또 다른 증거니까.

"나중에 말해 줄게. 네 첫사랑 반환 프로젝트부터 다 끝내고."

"그게 그거랑 무슨 상관인데? 솔직히 창피하지? 아직까지 첫사랑도 못 해 본 키 큰 어린이예요, 이렇게 말하는 게 죽기보다도 싫은 거지? 내 시절 첫사랑에 지대한 관심을 보이는 것도 다 그런 이유고. 일종의 갈증이랄까. 자신이 체험해 보지 못한 것에 대한 지독한 목마름. 킬킬킬."

어느새 소이는 호준을 놀리는 재미에 흠뻑 빠진 듯 신이 난 목소리였다.

"응, 그건 맞아. 마소이, 네 시절 첫사랑 완전 재밌어. 특히 그중에 내가 끼어 있다는 거, 그 생각만 하면 자다가도 웃음이 난다, 내가."

"야! 이 치사한 놈아. 애벌레, 왕짜증, 재수탱구리, 또 뭐더라 ……."

"소이야, 마아소오이."

뭐야, 불타는 전의를 상실케 하는 이 나긋한 목소리는.

"마이소이, 나 졸려."

마이소이라고 한 거야, 지금? 내가 잘못 들었나? 나를 마이소이라고 부르는 건 자영뿐인데. 고개를 갸우뚱하고 있는데 호준이 다시 속삭이듯 말했다.

"아함, 마소이. 나 진짜 졸려. 드디어 카페인이 죄다 몸 밖으로 배출됐나 봐."

그러면 그렇지, 미치지 않고서야. 여하튼 이 녀석과 대화할 땐 정신을 바짝 차려야 해. 안 그러면 나 혼자 착각의 늪 속으로 빠져 버린다니까. 소이는 결연한 마음가짐으로 침대에 벌렁 드러누웠다. 그러나 입 밖으로 튀어나온 말은 전혀 다른 종류의 것이었다.

"얼른 자. 내일 모닝콜 해 줄게."

"지, 진짜?"

"속고만 살았냐. 잘 자라, 우리 쭈니."

전화 속에선 더 이상 아무 소리도 들리지 않았다. 벌써 잠들었나. 10초 정도 더 기다렸지만 역시 조용했다. 마이소이라는 둥 불분명한 발음으로 상대방을 헷갈리게 한 것에 대한 복수로 혀 짧은 소리를 한 것뿐인데. 쳇, 못 들었으면 말고. 화끈거리는 얼굴을 베개에 파묻은 소이는 그대로 잠 속으로 빠져들었다.

17

아련하고 저릿한 첫사랑, 쌍둥이 오빠들

지난주부터 소윤은 아예 짐을 꾸려 친정에 와 있었다.

아침 식탁에 둘러앉은 엄마와 소윤, 소이는 끝끝내 엄마에게 할머니라는 호칭을 거두지 않았던 간 큰 옆집 중학생 이야기를 하던 참이었다. 누가 봐도 웃자고 한 이야기였는데, 만삭의 소윤은 외려 한숨을 푹 쉬었다.

"엄마, 미안해. 나 때문에 벌써 할머니 소리나 듣고."

소윤이 미안해하자 엄마가 손사래를 쳤다.

"이를 어쩌나. 내 말은 그런 뜻이 아니었는데……."

"아냐, 엄마. 내 탓이야. 산전 우울증의 일종인가, 요즘 나, 급격하게 기분이 오르락내리락해."

평소 모습으로 봐선 우울이라는 단어와는 전혀 어울리지 않을 것 같은 소윤이었기에 엄마도 소이도 화들짝 놀랐다.

"매사 불안하고 초조해. 특히 남편이 온다는 시간에 안 오기라도 하면 짜증이 치솟아. 어떡하지, 엄마?"

"출산일이 코앞이라 그래. 엄마도 다 겪어 봤잖니. 사소한 거 하나에도 속상하고 울고 싶고. 그럴 땐 혼자 참지 말고 이 엄마한테라도 전화해. 다 들어줄 테니."

"엄마도 일하는데 어떻게 불쑥불쑥 전화해?"

엄마는 초등학생을 대상으로 한 동네 보습학원에서 오후 1시부터 5시까지 국어, 작문, 논술을 가르쳤다.

"남편한테도 마찬가지고."

확실히 소윤은 코가 석 자는 빠져 있었다. 전 같지 않은 언니의 모습에 제일 당황한 건 소이였다. 마음에도 없는 소리가 자기도 모르게 튀어나온 걸 보면.

"그럼 나한테 하든가. 방학이니까."

소윤이 풋 하고 웃었다.

"마소이, 네가 그런 소리를 다 할 줄 알고. 맨날 까칠하게 굴길래 언니 미워하는 줄 알고 엄청 졸아 있었는데."

"졸아 있었다고? 언니가?"

"당연하지! 어떻게든 네 눈에 들어 보려고 참견도 하고 놀려도 보고 딴지도 걸고……."

"아니, 맘에 들고 싶은데 왜 놀리고 딴지를 걸어? 그 정성으로 용돈을 팍팍 줬으면 이 마소이 눈동자가 저절로 하트가 됐을 텐데."

"네가 그래서 남자친구가 없는 거야. 상대방의 마음을 그렇게 모르냐.”

“툴툴거리고 놀리는 게 관심의 표현이라는 거야?”

“당연하지. 그래야 겨우 한 번 돌아봐 주니까. 쌩하고 지나치기 바쁘니 그렇게라도 해야 시선을 돌리지. 학교에 없어? 너만 보면 놀리고 빙글거리고 잔소리하는 그런 남자애.”

호준의 얼굴이 떠오르자 소이의 두 뺨이 미세하게 달아올랐다.

“두고 보자, 마소이. 사랑이 태어나면 너도 이 언니 마음을 이해하고도 남을 거다.”

“그건 그래. 소이 너 태어났을 때 소윤이가 얼마나 좋아했는데. 허리가 휘도록 안아 주고 업어 주고, 똥 기저귀도 갈아 주고……. 너도 사춘기 오기 전까진 언니 껌딱지였다니까.”

엄마도 거들었다. 그럼 똥 기저귀 얘기가 거짓말은 아니라는 건가.

“생각해 보면 엄마, 내 첫사랑은 쟤야, 쟤. 그것도 서글프기 짝이 없는 완벽한 외사랑. 초등학교 4학년 때부턴가, 나만 보면 실눈 뜨고 내외하고 카톡 읽씹하고. 도대체 왜 그러나 싶어서 일기장이라도 보려고 몰래 서랍까지 뒤져 봤잖아. 물론 실패했지만. 되게 웃긴 게, 남자한테 차인 것보다 소이가 그러는 게 더 서럽더라고.”

일라이를 빼앗아 간 소윤에 대한 분노가 시작된 시점이 바로 초등학교 4학년 때였다. 그런데 이별을 고한 사람이 소윤이 아니라 일라이라는 사실을 안 뒤부터는 불쑥불쑥 미안한 감정이 솟아올랐다. 그렇다고 진실을 털어놓을 수는 없었지만.

"사춘기 시절 호르몬 이상 증세였으니까 크게 마음에 담아 두지는 마. 대신 앞으론 조, 조심할게."

이유 있는 반항이었지만 대충 사춘기 증후군이라고 해 두자. 속으로 안도의 한숨을 내쉬는데 엄마가 놀랄 만한 소리를 했다.

"사춘기 하니까 생각나네. 옆집에 살던 쌍둥이 기억나지? 태오랑 지오 말이야. 태오한테 연락 오기로 했는데 심부름 가라고 했다면서 소이가 엄마를 아주 잡아먹으려고 했었다, 글쎄."

"아, 좀. 그 얘긴 왜 또 하는데!"

태오와 지오 이야기는 정말 하고 싶지 않았다. 특히 언니까지 있는 아침 밥상머리에선.

"알았어, 미안. 얼마 전에 태오 엄마 만났다는 소리 한다는 게 그만. 근데 걔들 둘 다 유학 갔다더라. 이탈리아 어딘가로. 태오 엄마도 곧 따라간다던걸."

"이탈리아 어디?"

캐묻는 소이가 부담스러웠는지 엄마가 말까지 더듬었다.

"글쎄, 그게, 나 자인가 노 자인가로 끝났는데……."

"밀라노? 볼로냐? 라벤나? 베로나? 시에나?"

"어라, 이탈리아 전문가 나셨네. 이탈리아라는 나라만 알면 됐지, 도시까지 궁금해? 너 혹시 쌍둥이 좋아했냐?"

소이는 소윤의 타박이 귀에 들어오지 않았다. 유학을 갔다니. 그것도 지오가 노래를 부르던 이탈리아로. 그나저나 이탈리아에 공연 스쿨이 한두 개도 아니고 어떻게 찾아낸담. 태오 아줌마한테 전화를 걸어 볼 수도 없고.

"아, 생각났다! 브라차노!"

환희에 찬 엄마가 숟가락을 번쩍 들었다.

"브라차노?"

생소한 이름이었다. 지오가 "이탈리아로 유학 갈지도 몰라. 그럼 꼭 놀러 와라, 마소이"하고 턱을 괸 채 꿈꾸듯 이야기했던 날, 소이는 이탈리아 지도를 놓고 도시 이름을 외우느라 새벽까지 잠을 설쳤다.

"유학 가는 덴 로마인데 사는 곳은 브라차노라고 했어. 호수도 있고 조용해서 휴양지로도 유명하다더라."

태오 오빠를 위한 배려였겠지. 지오 오빠는 늘 자기보다 형을 먼저 생각했으니까. 소이는 눈물이 핑 돌았다. 두 사람만 생각하면 눈이 먼저 시큰해졌다.

소이는 방으로 돌아와 이탈리아 지도를 폈다. 지도에는 브라차노가 아니라 브라치아노라고 써 있었다. 소이는 그곳에 보랏빛 형광펜으로 동그라미를 친 뒤 둘둘 말아 에코백에 넣었다.

'어쩌면 잘된 일인지도 몰라.'

이건 진심이었다. 한국에 있다고 해도 쉽게 만날 용기를 낼 순 없었을 것이다.

'그날, 태오 오빠가 날 데리고 어디를 가려 했는지는 평생 물음

표로 묻어 두자. 살면서 그런 것 하나쯤은 있어도 좋잖아. 너무 확실하고 선명한 건 시절 첫사랑과 어울리지 않는다고.'

♣ ♥ ♠

쌍둥이가 이탈리아로 유학을 갔다는, 그러니까 이미 가 버리고 한국에 없다는 소리를 듣자 호준은 왼손 집게손가락으로 자신의 코를 문지르기 시작했다. 웃음이 나려는 걸 들키지 않으려는 일종의 연막작전이었다.

'좋아. 가장 아련한 소이의 시절 첫사랑 둘이 저 멀리 이탈리아로 가 버렸으니 그야말로 일타쌍피네.'

대놓고 좋아하는 기색을 내비칠 순 없었다. 그랬다간 마소이의 레이더망에 딱 걸리고 말 테니까. 우선은 시절 첫사랑들을 보내는 것에 집중해야 한다. 호준은 또 한 번 마음을 다잡았다.

소이는 내내 웃지 않았다.

"마음이 아프다는 건 대체 어떤 걸까? 오빠들 생각만 하면 기분이 정말 이상해."

"바로 그거. 기분이 정말 이상한 거. 그 생각만 하면 배 속이 우글거리고 안개가 낀 것처럼 머리까지 무거워. 때로는 여기 이 부분이 아프게 콕콕 쑤시기도 하고."

호준이 자신의 가슴골 아랫부분을 누르며 잦아드는 목소리로 대꾸했다.

"야, 할친손. 네가 그런 걸 어떻게 알아? 남 놀리고 킬킬대는 게 유일한 취미면서."

호준이 다시 코를 문질렀다. 10초가량의 침묵이 이어졌다.

"남이 아니라 너. 너 놀리고 킬킬대는 게 내 유일한 취미시다. 어쩔래?"

— 당연하지. 그래야 겨우 한 번 돌아봐 주니까. 쌩하고 지나치기 바쁘니 그렇게라도 해야 시선을 돌리지. 학교에 없어? 너만 보면 놀리고 빙글거리고 잔소리하는 그런 남자애.

히죽히죽 웃고 있는 호준을 보니 느닷없이 아침 식탁에서 소윤이 한 말이 떠올라 소이의 심장 소리 데시벨이 높아졌다. 어쩐지 부끄러워져서 소이는 입술을 한껏 말아 넣은 채 호준을 외면했다.

호준은 갑자기 음소거가 된 소이를 보자 기분이 묘했다. 아니, 묘했다기보다 나빠졌다. 왜 저래? 아직도 이탈리아 발레리노를 못 잊은 거야, 뭐야.

"정신 차려, 마소이. 7월도 이제 며칠 안 남았어. 이달 안엔 죄다 깡그리 보내 줘야 한다고."

과하게 짜증을 부리며 채근하는 호준 때문에 소이는 퍼뜩 현실로 되돌아왔다.

"오, 오케이, 콜."

급한 건 난데 왜 자기가 더 난리람. 소이는 속으로 툴툴거리며 탁자 위에 이탈리아 지도를 펼친 뒤 동그랗게 표시한 브라차노 위에 폴라로이드 사진을 올려놓았다. 그러고는 눈을 감고 속으로 천천히 이별을 고하기 시작했다.

'오빠들을 생각하면 지금도 가슴이 찌릿찌릿해요. 부디 이탈리아에선 둘 다 편안하기를. 다섯 번째, 여섯 번째 시절 첫사랑이여, 안녕, 잘 가요!'

심호흡을 한 번 내뱉은 뒤 감았던 눈을 뜬 소이는 순간 얼음이 되고 말았다. 호준이 턱을 괸 채 빙글거리며 소이를 바라보고 있었기 때문이다.

"죽을래?"

이내 정신을 차린 소이가 검지와 중지를 구부려 호준의 눈앞에 들이댔다. 움찔할 줄 알았는데 웃음기를 거둔 호준이 그 손을 덥석 잡았다.

"이제 송인섭 하나 남은 거지? 내일모레 대전 갈 거니까 간식은 네가 준비해."

"아, 알았으니까 손이나 놓으셔."

후다닥 손을 거둔 호준이 테이블 위에 펼쳐진 지도를 둘둘 말기 시작했다. 당황한 기색이 역력했다. 소이도 고개를 숙인 채 폴라로이드 사진을 반소매 트위드 재킷 주머니에 챙겨 넣었다.

"이 사진은 내가 가져간다. 안녕, 잘 가! 했으니 이젠 진짜 흘러
간 옛 추억이 됐어. 우리 엄마가 조만간 오빠들 엄마 만난댔으니
까 그편에 보내려고. 버리든, 간직하든 알아서 하겠지."

당황하면 쓸데없는 말까지 줄줄 떠드는 소이였다. 그래도 절반
은 진심이었다. 그래야만 완벽하게, 깨끗하게, 감정의 찌꺼기 없
이 정리될 것 같았다.

"잠깐만!"

집 쪽으로 방향을 돌려 걸어가려는데 호준이 다급한 목소리로
소이의 어깨를 잡아 돌렸다.

"왜? 뭐?"

또 무슨 흰소리를 하려는 거야, 하는 표정으로 올려다보니 호준
이 소이의 어깨를 잡았던 길쭉한 손가락을 얼른 등 뒤로 감췄다.

"음, 내일은 절대 연락하지 마."

"왜 또 잠수 타시게?"

애써 잠자고 있던 소이의 가슴속 화산이 다시금 부글부글 끓어
오르기 시작했다.

"무, 무서워라. 잠수 절대 아니고 내, 내일만. 집중해서 편지를
좀 써야 하거든. 네 목소리 들으면 집중력이 흐트러질 것 같아서
말이야."

"쳇, 연락할 마음 1도 없었거든. 누가 들으면 우리가 엄청 친한
줄 착각하겠다. 편지를 쓰든 유서를 쓰든 맘대로 하시고, 낼모레

약속이나 똑바로 지켜."

소이는 호준이 다시 사라지기라도 할까 봐 몹시 걱정이 됐지만, 애써 내색하지 않으려 했다.

낼모레 약속이나 똑바로 지켜, 라는 귀여운 엄포에 호준은 자꾸 웃음이 났다.

"내가 잠수 탈까 봐 엄청 걱정하는 거 맞네. 그런 거 아니니까 맘 푹 놓으셔."

"누, 누가 걱정을 한다고 그래?"

속마음을 들켜 창피한 소이는 말까지 더듬었다.

"아닌 척 그만하고 얼른 집에나 가. 딴 데로 새면 안 된다!"

18

소름이 돋았고, 불현듯 입을 맞췄다

인섭이 데려간 곳은 대덕연구단지 내 과학도서관 건물 3층에 자리한 라운지였다. 카페처럼 꾸며 놓은 데다 크고 넓은 전면 유리창 너머로 엑스포 다리와 반짝이는 갑천이 훤히 내려다보이는 그야말로 전망 맛집이었다.

"여기가 요즘 대전에서 제일 잘나가는 핫플이야. 저 다리 건너엔 수목원도 있어."

인섭은 마치 관광 가이드라도 된 양 친절한 설명을 아끼지 않았다. 소이와 호준은 연신 사진을 찍느라 여념이 없었다.

"3시부터 분수 쇼 하거든. 그거 보고 성심당 가서 튀김소보로나 실컷 먹자."

"와, 송인섭은 계획이 다 있구나."

"그럼, 초딩 동창 마소이가 왔는데 이 정도는 기본이지."

"고맙다, 송인섭. 난 네가 미술을 전공할지도 모른다고 생각했어. 공부도 잘했지만 그림도 엄청 잘 그렸잖아."

"그러고 싶었지. 그럴 수 없어서 여기까지 내려온 거고. 세상엔 내 맘대로 할 수 있는 게 거의 없더라고. 특히 입시를 코앞에 둔 10대 후반 청소년은."

뭔가 사연이 있겠다 싶은 말투였다. 순간, 분위기를 끌어올려야 한다는 생각에 소이가 얼른 손목 보호대 이야기를 꺼냈다.

"맞다, 네 손목 보호대. 오늘 이거 주려고 온 거잖아. 고맙다는 소리도 못 해 내내 걸렸는데 이제야 기회를 얻었네. 덕분에 이렇게 경치 좋은 데를 기차 타고 놀러도 와 보고."

손목 보호대를 보자 인섭의 눈이 반짝거렸다.

"맞아. 그때 돌려달라고 신신당부했었지? 미안, 내 첫사랑한테 억지로 빌린 거라서."

"어, 억지로? 처, 첫사랑? 그게 누군데? 혹시 오영서? 아니면 안예미?"

"아냐. 서윤주. 너도 알걸? 6학년 때 같은 반이었잖아."

"서, 서윤주?"

소이의 동공이 두 배로 확대됐다. 정말 예상치도 못한 답변이었다.

'내가 아닌 건 확실하고…… 반호준도 오영서나 안예미, 둘 중 하나일 거라고 했는데.'

서윤주는 반에서 키가 제일 컸고 머리가 허리까지 오는 깡마른 아이였다. 당시 인섭보다 10센티미터는 더 컸을 것이다. 뒤에서 스치듯 보면 여고생이라고 해도 믿을 만큼 훌쩍 크다 보니 고만고만한 애들에겐 인기가 별로 없었다.

"왜 그렇게 놀라?"

"아니, 너무 의외라."

그때 호준이 나지막하게 말했다.

"놀라는 모습도 귀엽네."

하지만 서윤주 얘기에 어처구니가 없어진 소이는 제대로 듣지 못했다.

"그러니까. 나도 되게 의외야. 6학년 땐 잘 몰랐는데 요즘 들어 서윤주 생각이 부쩍 더 나더라고. 걔도 배드민턴 동아리였거든. 소이 네가 손목 보호대를 돌려주러 온다고 했을 때 전기가 흐르는 느낌이었어. 솔직히 말하면 그때 이 손목 보호대를 볼모로 잡고 있었거든. 여름방학 기간에 어떻게든 서윤주 만날 핑계를 남겨 두려고 말이야."

"쇼킹하다, 정말."

"마소이가 반호준 친구만 아니었어도 그냥 지나쳤을 텐데. 내 절친의 여친이라 어쩔 수 없이 벗어 준 거야."

뭐? 절친의 여친? 인섭이 얘가 지금 뭐라는 거야? 소이는 꼬투리를 잡을까 하다 그냥 넘어가기로 했다. 아주 틀린 말도 아니고. 소이는 헛기침을 한 번 하고 나서 말했다.

"어쩐지 핑크색이더라. 아무튼 윤주 물건이라니 더더욱 가져오길 잘했다 싶다. 속이 다 시원해."

소이는 후련한 듯 크게 한숨을 내쉬었다.

"왜 손이라도 흔들어 주지 그러냐."

소이 놀리기에 신이 난 호준이었다.

"안 그래도 빨리 보내 주려고. 하나, 둘, 셋, 손목 보호대야, 안녕, 잘 가!"

말은 '손목 보호대야, 안녕, 잘 가!' 그렇게 했지만 진짜 주어는 내 네 번째 시절 첫사랑아, 였다. 인섭의 첫사랑이 서윤주였다는 충격적인 사실까지 알게 됐으니 미련 한 톨까지 싹싹 긁어모아 시원하게 날려 버려야지.

하나, 둘, 셋을 세며 그 소리에 맞춰 고개까지 끄덕거리는 소이를 보니 호준은 또 웃음이 났다. 머리를 쓰다듬어 주고 싶었지만 참았다. 손바닥이 근질거리는 걸 감추기 위해 대신 짝, 짝, 짝 크게 박수를 쳤다.

'할친손 미쳤냐. 분수 쇼도 아니고, 그래도 이별식인데 박수가 왜 거기서 나오냐고.'

소이는 기가 막혔다.

'서윤주라니…… 이 자식, 진심인 거야, 뭐야. 한때 마소이를 좋아했지만 자기는 사랑보다 우정이라며 있는 폼 없는 폼 다 잡을 땐 언제고, 느닷없이 서윤주가 첫사랑이었다니. 나야 절을 해도 모자랄 만큼 고맙긴 하지만.'

고개를 갸우뚱하던 호준이 인섭에게 물었다.

"그럼 이제 서윤주 만날 거야?"

그러자 인섭이 기다렸다는 듯 큰 소리로 말했다.

"키도 컸고 어디 사는지도 아니까 꼭 한번 만나 볼까 해. 안 그래도 지난달에 전화 걸어 봤는데 윤주가 되게 어이없어하더라."

"그건 일종의 거절 아냐? 어쩌면 남친이 있을 수도 있고."

"뭐, 뜬금없긴 했을 거야. 네 말대로 남친이 있을 수도 있고. 하지만 한 번 더 용기를 내 보려고."

소이는 인섭의 용기가 부러웠다. 자신이라면 아무리 돌려줄 첫사랑 아이템이 있다고 해도 직접 만나 물어볼 생각 따위는 못 했을 테니까.

"잘 생각했어. 뜸 들이다가 놓칠 수도 있다고. 다 경험에서 우러나와 하는 소리니까 새겨듣고."

잘난 척을 하던 호준이 소이를 흘끗 쳐다보았다.

'하긴, 시절 첫사랑 반환 작전도 마찬가지지. 비밀 노트에 쓰긴 했지만 겁쟁이인 데다 결정 장애라 호준이가 없었으면 도저히 실행에 옮기지 못했을 거야.'

소이도 호준을 슬쩍 보았다. 실룩거리는 할친손의 입매가 매우 얄밉긴 했지만 백 퍼센트 맞는 말이었다.

"딩동댕. 얼굴 보고 대화를 나눠 봐야 사랑을 찾든, 미련을 버리든 결론이 날 것 같더라고. 이제 윤주한테 돌려줄 손목 보호대도 내 손에 있고 말이야."

"하…… 진작 갖다 줬으면 좋았을걸. 미안해."

소이가 진심으로 사과했다.

"노 프라블럼, 마소이. 지금이 딱 좋아. 키가 올해 들어 확 컸거든. 하하하."

크고 우렁찬 인섭의 웃음소리가 라운지 천장까지 가닿았다.

♣ ♥ ♠

셋은 엑스포다리로 가기 위해 횡단보도 앞에 서 있었다. 드디어 초록 불이 켜졌고, 횡단보도의 하얀 선을 두 개쯤 건너려는데 노란색 미니버스 한 대가 멀찍이서 급정거를 시도하는 게 보였다. 건널목 바로 앞도 아닌데 왜 저러지? 고개를 갸웃할 틈도 없이 끼이익 하는 기분 나쁜 마찰음이 도로 위에 울려 퍼지기 시작했다. 차가 거의 없었기에 망정이지, 안 그랬으면 여기저기서 클랙슨이 울리고도 남을 만큼 아찔한 광경이었다. 게다가 소리는 또 어떻고. 어찌나 크고 날카로운지 소이는 양손으로 자신의 귀를 있는 힘껏 막아야만 했다.

반호준이 그 자리에 동상처럼 서서 움직이지 못한 것도 그 순간이었다. 솔직히 소이는 호준이 왜 그러는지 전혀 알지 못했다. 놀란 건 사실이지만, 그렇다고 횡단보도를 건너다 말고 중간에 멈춰

설 정도는 아니라고 생각했기 때문이다. 놀라운 건 호준만이 아니었다. 인섭이 호준의 손을 꼭 잡더니 환자를 옮기듯 호준을 부축해 천천히 걷기 시작했다.

"소이야, 너도 호준이 손 잡아! 어서!"

놀란 소이도 호준의 왼손을 꼭 잡았다. 호준의 손은 얼음장처럼 차가웠다.

'애는 갑자기 왜 이러는 거야?'

다행히 신호등이 빨간색으로 바뀌기 전에 셋은 무사히 횡단보도를 건넜다.

"여기 잠깐 있어. 난 약국에 다녀올 테니."

인섭이 들고 있던 호준의 가방을 소이의 어깨에 걸어 주고는 황급히 가 버렸다. 둘은 갑천이 흐르는 엑스포다리 위에 철퍼덕 주저앉았다.

"괘, 괜찮아?"

소이가 걱정스레 묻자 호준이 눈을 감은 채 겨우 고개만 두어 번 끄덕였다.

"잠깐만 이러고 있을게."

호준은 소이의 어깨에 머리를 기대었다. 때마침 갑천에서 불어오는, 물기를 머금은 산들바람이 땀으로 젖은 호준의 머리칼을 가만히 식혀 주었다. 소이는 최대한 움직이지 않으려고 애를 썼다. 10분쯤 지났을까, 헐레벌떡 뛰어온 인섭이 청심환과 물을 호준에게 건넸다.

"나, 화장실 좀."

겨우 청심환을 씹어 삼킨 호준이 미간을 잔뜩 찌푸리며 급하게 화장실을 찾았다.

"토할 것 같냐? 도로 길을 건널 순 없고…… 수목원 안까지 꽤 걸어 들어가야 하는데, 어쩐다?"

"바람도 쐴 겸 다녀오자. 근데 새끼야, 구토 아니고 진짜 화장실."

"우씨, 놀랐잖아."

그나저나 인섭이 과하게 놀라는걸. 혹시 반호준, 공황장애인가 뭔가 그런 건가. 이 자리에서 따져 묻기엔 호준도 인섭도 얼굴이 지나치게 창백했다.

"같이 가."

엉덩이를 털며 일어나려는 소이를 호준이 급하게 주저앉혔다.

"넌 그냥 여기 있어 줘."

'있어도 아니고 있어 줘라니, 왠지 따라가면 안 될 것 같아. 하지만 너무 걱정돼.'

아랫입술을 잘근 씹고 있으려니 호준이 손가락으로 소이의 줄어든 미간을 톡 건드렸다.

"얼굴 펴. 나 진짜 괜찮아."

"……."

"비밀 노트에 어제 쓴 편지 있는데 심심하면 그거나 보든가."

"야, 새끼야, 화장실 급한 거 맞아?"

인섭이 어이없다는 듯 키득거리자 두 뺨이 붉어진 호준이 경중 경중 뛰기 시작했다.

"젠장, 같이 가!"

바람처럼 쌩하니 달려가는 호준의 뒤를 급하게 뒤따르며 인섭 이 버럭 소리를 질렀다. 소이는 그런 둘의 뒷모습을 한동안 가만 히 바라보았다. 호준과 인섭이 완벽하게 시야에서 사라지자 소이 는 그제야 마음껏 심호흡을 했다. 그러고는 얼른 호준이 맡기고 간 가방을 뒤져 자신의 비밀 노트를 꺼내 들었다. 그러니까 어제 쓴다는 편지가 내 거란 말이지?

'뭐야, 무슨 색 펜으로 썼길래 이렇게 희미해? 햇빛 아래 있으니 잘 보이지를 않네.'

순간 소이는 무릎을 치며 곧장 호준의 가방 안쪽을 뒤지기 시작 했다. 대전으로 오는 기차 안에서 어설픈 라임을 섞은, 느끼하기 이를 데 없는 헛소리를 필요 이상으로 연거푸 했던 게 떠올라서였 다. 강수 확률이 50퍼센트라기에 우리 '깜찍이'도 '깜짝' 놀랄 만 큼 '감동 찍을' 우산을 챙겨 왔다나 뭐라나.

그러나 강수 확률 50퍼센트라는 일기예보를 비웃기라도 하듯 대전은 뜨거운 태양이 쏟아져 내리고 있었다. 사방 천지가 어찌나 밝은지 그늘을 만들려면 어찌 됐든 양산 비슷한 게 꼭 필요하긴 했다.

"찾았다!"

소이는 두어 번의 손짓 끝에 백팩 안쪽 깊숙이 얌전하게 들어 있는 보라색 3단 우산을 찾아냈다. 웬 보라색? 고개를 갸우뚱하며 잘 접힌 우산의 벨크로를 떼고 날렵한 손잡이 위의 자동 버튼을 꾹 눌렀다. 그러자 두 눈을 의심케 할 만큼 맑고 환한 우산 꽃이 활짝 피어났다. 소이는 저절로 벌어진 입을 한동안 다물지 못했다. 겉은 심플한 보라색이었지만, 안쪽은 통통한 구름이 둥실 떠 있는 파란 하늘이었다.

'앗, 파란 하늘 뭉게구름 우산! 게다가 새, 새거야……'

소이는 파란 하늘 뭉게구름 안에 폭 파묻힌 채 손등으로 촉촉이 젖은 눈가를 훔쳤다. 우산 속 소이의 하늘은 화사하기 그지없는데 마치 빗방울이 듣는 것처럼 자꾸 눈꼬리에 이슬이 맺혔다. 편지를 읽어야 하는데 물기 때문에 눈이 자꾸 어른거렸다.

우선 이 글을 쓰기까지 우주 무게만큼의 용기가 필요했다는 걸 알아주면 좋겠다.

드디어 펜을 들 수 있었던 건 마이소이, 전적으로 네 비밀 노트 덕분이야.

지속적인 치료도 큰 도움이 됐지만, 내겐 네가 쓴 문구가 완전 특효약이 됐어.

짐작했을지 모르겠는데, 몇 년 동안 연락을 못 했던 건 많이 아팠기 때문이야.

나도 내가 이렇게 나약한 인간인 줄 몰랐어. 아무래도 네가 없어서 그랬나 봐.

씻은 듯이 나아서 네 손을 잡고 햇살 가득한 거리를 마구 쏘다녀야지, 하는 희망 하나로 버텼는데 지금 생각하면 어리석었어. 진작 너한테 털어놓았어야 했는데.

여기까지 읽고 난 뒤 소이는 비밀 노트를 덮었다. 혼자 힘들어했을 호준을 생각하니 죄책감에 마음이 아팠다. 눈물이 나지 않도록 입술을 꼭 깨물었는데도 자꾸 눈이 젖어 할 수 없이 입술을 있는 힘껏 말아 넣었다.

그건 그렇고, 내가 쓴 문구라니 무슨 글을 말하는 걸까. 시절 첫사랑 얘기 중에 등장하는 반호준은 대부분 방해꾼 정도로 묘사돼 있을 텐데. 나도 모르게 뭘 끄적여 놓은 게 있었나? 전혀 기억에 없는데. 혹시나 하는 마음으로 다른 페이지를 한 장 한 장 샅샅이 훑어봤지만, 호준이 말하는 글은 찾을 수가 없었다.

마음을 가다듬은 소이는 다시 호준의 편지를 읽어 내려갔다. 한 줄 한 줄 읽을 때마다 눈이 시큰해지고 가슴이 심하게 요동쳤다.

중학교 1학년 때였어. 아주 이른 새벽이었는데, 그때 난 횡단보도에서 신호를 기다리고 있었지.

근데 갑자기 미친 듯이 질주하던 차가 좌회전하던 흰색 승용차를 들이박는 거야. 그리고 가속도에 밀린 질주 차량은 빙그르르 회전하더니 바로 내가 서 있던 횡단보도 맞은편의 다른 보행자를 덮쳐 버렸지.

난 내가 뭘 보고 있는지조차 감을 잡을 수 없었어. 설마, 이거 영화 촬영인가, 눈만 깜빡거렸지.

다리가 흉하게 꺾인 채 피를 흘리며 텅 빈 눈으로 나를 올려다보던 그 여자분, 그분을 살려야 한다는 생각뿐이었어.

충돌했던 양쪽 차량에선 아무도 나올 생각을 안 하길래 혹시라도 도망갈까 봐 떨리는 손으로 사진부터 찍었지. 눈에선 눈물이 흐르고 손은 덜덜 떨렸어. 그렇게 구급대와 경찰을 부르고 사고 목격자로 경찰 조사까지 여러 번 받았어.

당일엔 할머니가 사다 준 청심환을 먹고 잠이 들었는데, 문제는 그 다음 날부터였어. 밤에 깊이 못 자고 작은 소리에도 깜짝깜짝 놀랐지. 일주일에 한두 번 급식 먹다가 토하기도 하고.

뭐, 그래도 낮엔 견딜 만한데 밤만 되면 증세가 심각해지더라고. 핑계 같지만 이래선 도저히 안 되겠다 싶어 치료도 받고 미친 듯이 운동도 했지. 지쳐 나가떨어질 정도는 돼야 잠을 푹 잘 수 있었으니까.

너한테 연락하고 싶은 마음이 굴뚝같았지만, 마이소이한텐 좋은 모습만 보여 주고 싶더라.

시간이 지나 조금 괜찮아졌다고 생각했는데, 경찰이 중환자실에 입원했던 환자가 사망했다는 소식을 전해 주었어. 왜 그날 있잖아,

내가 악수바위에 숨어 있던 날…….

며칠 후, 그렇게도 기다리던 네 목소리가 수화기 너머로 들려왔지만, 도저히 만날 수가 없었어. 그땐 정말 꼴이 말이 아니었거든. 석 달 동안 누워만 있던 그분이 돌아가셨다는 얘기를 들은 뒤론 속도를 높이는 차 소리만 들어도 다시 머리가 어질거리더라. 그런 모습으로 널 마주할 순 없다고 생각했어.

그래도 네 전화 덕분에 다시 기운을 차리기로 결심을 굳혔지.

마이소이, 이젠 걱정 안 해도 돼. 정말 많이 좋아졌거든. 특히 너랑 같이 돌아다니면 하나도 안 무서워. 정말 신기하더라고. 기차를 타고 인섭이를 만나러 갈 생각까지 할 정도로.

음, 나머지 얘기는 우리 첫사랑 반환 프로젝트를 다 끝내고 하자.

아무래도 대전에 갔다 돌아오는 길이 되겠지?

심장이 콕콕 쑤셔 왔지만, 미안하고 후회스러워서 금방이라도 울음이 터져 나올 것 같았지만, 소이는 입안의 여린 살을 잘근잘근 씹으며 꾹 참았다. 왠지 울면 안 될 것 같았다. 울고 속상해하느라 1초라도 흘려 버리는 일 따위는 더 이상 용납할 수가 없었다.

'에휴, 미련한 할친손 같으니라고. 어쩌겠어, 내 잘못도 큰데. 하지만 사과는 안 할게, 반호준. 대신 지금 이 순간부터 무조건 잘해 줄 거야. 매일 손 잡아 주고 쓰다듬어 주고, 아무튼 실시간으로 엄청 귀찮게 해서 우울한 생각 같은 건 1도 안 나게 할 거야. 딱 기다

려, 반호준. 이제부턴 내가 너의 파란 하늘 뭉게구름 우산이 될 거니까.'

소이의 생각은 꼬리를 물고 이어졌다.

'그건 그렇고 대체 네 첫사랑은 누구니? 창피하게 내 첫사랑은 시시콜콜 다 알면서 자기 첫사랑은 비밀이다 이건가? 하긴 알아서 뭐 해. 판도라의 상자도 열어서 좋을 게 없었잖아. 그래, 특강 선생님 말처럼 〈지금, 여기〉가 중요한 거야. 절대 안 물어봐야지, 절대.'

♣ ♥ ♠

부끄러운 건지 피곤한 건지, 호준은 인섭과 헤어진 이후로 꼭 필요한 말 이외에는 좀처럼 입을 열지 않았다. 소이의 손에 들린 보라색 우산을 보고도 작게 헛기침을 할 뿐이었다.

역으로 가는 택시 안에서도 호준은 창밖만 바라보았다. 초조한 듯 꼼지락거리는 녀석의 손을 덥석 잡고 싶은 마음이 굴뚝같았지만, 자꾸 룸미러를 흘끔거리는 기사님 때문에 선뜻 용기를 낼 수 없었다. 하긴, "대전역으로 가 주세요" 하고 행선지를 밝힌 뒤 정적만 흐르는 뒷좌석이 궁금할 만도 했다. 손님이 고교생 둘이라면 대체로 수다가 끊이지 않는 게 정상일 테니까.

플랫폼 벤치에서 기차를 기다리는 순간에도 호준은 소이의 시선을 피했다.

"괜찮아? 아직도 얼굴이 하얘."

참다못한 소이가 고개를 홱 꺾어 호준의 눈앞에 제 얼굴을 들이밀었다. 그러자 방심하고 있던 호준이 소스라치듯 놀라 몸을 뒤로 물렸다.

"조, 조금 어지럽긴 해."

이마라도 짚어 봐야 하나, 소이가 머뭇거리는 순간 뿌아앙 하고 서울행 KTX가 미끄러지듯 들어왔다. 둘은 자리에서 일어나 기차를 향해 걸어갔다. 그 와중에도 내리고 타려는 사람들 틈에서 행여 소이가 떠밀리기라도 할까 봐 호준은 신경을 썼다. 소이의 등 뒤에 듬직한 기둥처럼 바짝 붙어 서서는 소이가 계단을 오르고 긴 통로를 지나 좌석에 앉을 때까지 빈틈없는 경계 태세를 유지했다.

'쳇, 아픈 건 자기면서.'

자꾸 비어져 나오는 미소를 들키지 않으려고 소이는 앞만 쳐다보았다.

"나 눈 좀 붙일게."

기차가 출발하자 호준은 의자 등받이에 비스듬히 머리를 기댄 채 두 눈을 꼭 감았다. 7시에 출발하는 서울행 KTX 7호차 맨 뒷자리였다. 소이의 속마음은 '제발 눈 좀 뜨고 나 좀 쳐다볼래?'였지만, 당장은 부끄러워하는 녀석의 소심한 결정을 존중해 주기로 했다. 대신 서울역에 당도할 때까지 수행해야 할 미션을 최종 점검

하기 위해 다시금 비밀 노트를 펼쳐 들었다.

'앗, 이런 귀여운 녀석!'

어찌나 심장이 간질거리는지 소이는 하마터면 소리를 지를 뻔했다. 1번부터 6번까지 시절 첫사랑 페이지 오른쪽 하단에 '참, 잘했어요' 도장을 모방한 듯한 '안녕, 잘 가! 멀리 안 나가' 도장 스티커가 야무지게 붙어 있는 게 아닌가.

'2번 송인섭 부분엔 대체 언제 스티커를 붙인 거야.'

소이는 고개를 돌려 호준의 옆얼굴을 흘깃 쳐다봤다. 녀석은 여전히 눈을 풀로 붙인 것처럼 꼭 감고 있었다. 호준의 머리를 조심스레 끌어당겨 자신의 어깨 위에 얹은 건 정말이지 어쩔 수 없는 행동이었다. 머리를 비웃기라도 하듯 손이 제멋대로 나댔다.

'진짜 자나?'

이번엔 호준의 눈앞에 손가락을 대고 빙글빙글 돌려 보았다. 역시 반응이 없었다.

'쳇, 잠이 올 리가 없지. 이제 더는 안 속는다.'

소이는 다시 한번 호준의 눈앞에서 손가락을 빙빙 돌렸다. 그러자 호준이 눈을 번쩍 뜨고는 소이의 손을 빠르게 낚아채 잡았다.

그 순간을 놓치지 않고 소이가 한마디 했다.

"그래, 이 징글징글한 할친손아. 이제부턴 내 손을 이렇게 꼭 잡으라고. 혼자 울지 말고."

호준의 얼굴에 창밖으로 번지는 저녁놀이 배어들었다. 잠시 후

호준이 입을 열었다.

"나 이제 그거 안 할래."

"뭐?"

"할친손 안 한다고. 나 네 일곱 번째 시절 첫사랑, 그러니까 진짜 첫사랑 할래."

누가 보면 국가와 민족을 위해 전쟁터에 나갈 결심을 한 군인이라도 되는 줄 알겠네. 뭐가 그렇게 결연해? 소이는 급기야 실소가 터졌다.

"바보냐? 이미 내 진짜 첫사랑은 진행 중이었어. 당사자인 너만 몰랐지."

호준의 눈동자가 동그랗게 커졌다.

"정, 정말이야? 갑자기 그렇게 훅 들어오면 내가 당황하잖아."

"방학식 날 특강 못 들었냐. 뭐든 직면해야 얻지. 특히 사랑은."

"이런 말 조금 부끄러운데, 그럼 글로 써 줘. 네 비밀 노트에."

"속고만 사셨나."

"첫사랑이 여섯 개나 됐던 네가 할 소리는 아닌 것 같은데."

"쿨한 척하더니 뒤끝이 있네. 오케이, 접수. 근데 대체 뭐라고 쓰라는 거야?"

"7번. 열일곱 살 고1 시절 첫사랑. 내 진짜 진짜 진짜 마지막 첫사랑. 잘생기고 멋진 반호준. 이렇게."

두 눈을 반짝이며 덩치에 어울리지 않게 혀 짧은 소리를 해 대는 호준의 애교에 소이는 그만 그로기 상태가 되고 말았다. 자기도 모르게 말이 꼬이고 어순이 뒤집혔다.

"그, 뭐, 러든가."

그 말에 호준이 배시시 웃으며 소이의 손을 자신의 가슴으로 끌어당겼다. 그러고는 가슴 밑바닥에서부터 퍼 올린 것 같은 큰 숨을 내쉬는 것과 동시에 와락 손깍지를 꼈다. 순간, 소이는 오소소 소름이 돋는 것을 느꼈다. 온몸에, 그것도 매우 강력하게.

소이는 호준의 얼굴을 빤히 쳐다보며 말했다.

"안, 안 되겠어, 반호준. 이제 더는 안 기다릴래."

"뭐, 뭘?"

"내가 널 엄청 많이 좋아하는 것 같거든."

소이는 잡히지 않은 다른 쪽 손으로 호준의 눈을 부드럽게 쓸어내린 후 그 위에 살포시 입을 맞췄다. 그것도 연속 일곱 번이나. 보드라운 쪽 소리가 날 때마다 호준의 긴 속눈썹이 파르르 떨렸다.

19
범사랑국 첫사랑부 제7팀 소속 강지애

억울하기 짝이 없는 교통사고로 석 달 동안 중환자실에 있다가 장례를 마치고 스카이피아로 입성하던 날, 고인(故人) 강지애 씨는 입구에서 서류 하나를 받아 들었다. 장기 기증으로 가산점을 받았기에 특별히 인턴으로 일할 부서를 정할 수 있다는 얘기였다.

"원하는 부서를 고른 다음 맨 아래 이름 옆에 사인만 하시면 돼요. 중복은 안 돼요. 딱 하나만 고를 수 있답니다."

지애 씨는 서류 목록을 보자마자 한국본부 범사랑국 첫사랑부로 마음을 정했다. 어쩌다 보니 달콤한 첫사랑 한 번 못 해 보고 죽어 버렸으니까. 게다가 '살아생전 유관자 소원 성취 프로그램'을 통해 살펴본 결과, 자신을 119에 신고해 준 반호준 군의 간절한 바람이 마소이 양의 진짜 첫사랑이 되는 거라는 사실도 알게 됐다.

그러나 역시, 직장 생활은 이승 저승 가릴 것 없이 더럽고 치사한 일투성이였다.

"아니, 지애 씨. 갑자기 서윤주가 왜 튀어나와요? 진짜 일 이렇게 막 할 거예요? 지난번 흰 고양이도 그렇고!"

"저는 그냥 알아서 하라고 하셔서…… 최대한 감성적으로다가……."

"감성은 개뿔! 그게 막 던지란 소린가. 알아서 '잘' 하라는 소리지. 이래서 무경력자 인턴은 함부로 받는 게 아니라니까. 뭘 멀뚱히 서 있어요. 마소이 건이라도 얼른 마무리 좀 합시다, 제발. 행운의 숫자에, 비밀 노트에, 그만큼 밑밥 깔아 줬으면 됐잖아요. 여름 끝나고 가을 돼 봐요, 다들 두 배로 감성적이 돼서는 첫사랑 타령이 기하급수적으로 는다고요. 지애 씨도 알죠? 작년부터 첫사랑 매칭 사전 조사도 우리 부서 담당인 거. 일은 느는데 제대로 된 인력 보충은커녕 말귀도 잘 못 알아듣는 인턴이나 배정하고. 장기 기증 가산점자만 아니었어도 단박에 거절하는 건데. 어유, 신경질 나."

김현석 과장은 한창 진행 중인 마소이 건 서류를 소리가 나도록 던졌다. 그러고는 있는 대로 투덜거리며 사무실을 빠져나갔다.

혼자 남은 강지애 씨는 생각할수록 분하고 억울했다.

'저 인간, 어제 부부 싸움이라도 한 거야, 뭐야. 언제는 첫사랑 경험이 없어 더 좋다더니. 경력자들은 편견이 심해서 창의적이고 신선한 첫사랑 플롯이 안 나온다며 한껏 치켜세울 땐 언제고. 어유, 첫사랑 말고 중간 사랑이나 마지막 사랑 팀으로 자원할걸 그랬나. 거긴 인턴한테도 인센티브 빵빵하게 준다던데. 하긴, 누구

탓을 하겠냐. 다 내 선택인걸. 마소이의 할친손 반호준만 아니었어도……'

강지애 씨는 거기까지 생각하다 이내 고개를 저었다.

'내가 지금 무슨 생각을 하는 거야. 그 아이 덕택에 석 달이나 시간을 벌었다고. 정신 차려, 강지애!'

그때 고준희 대리가 들어왔다. 망연자실해 있는 강지애 씨와 그 옆에 툭 떨어져 있는 협조문 서류를 보더니 짐작이 가고도 남는다는 듯이 입술을 실룩거렸다.

"과장님은 나갔어요?"

"네, 뭐."

"또 한 소리 들었나 보네요."

"네, 뭐."

"너무 맘에 담아 두지 마요. 요새 부장님이 장난 아니게 갈군대요. 일 처리가 왜 이렇게 더디냐고."

"전에는 실적만 중요한 게 아니다, 첫사랑이니만큼 스토리텔링에도 신경 써라, 그러셨거든요."

"상사들이야 뭐 이랬다저랬다 하는 게 특기니까요. 실적 좋을 때야 뭔 소릴 못 해요. 그러니까 직장 생활이 눈치 싸움이라는 거예요. 눈치 잘 보고, 줄 잘 서고. 상사가 뭐라 그러면 암요, 그럼요, 별말씀을, 하면서 입안의 혀처럼 비위 맞추고."

"아, 네……"

어떨 땐 김 과장보다 고 대리가 더 밥맛이었다.

'눈치가 백 단이셔서 인사고과 D 맞았냐, 인간아.'

"내가 팁 하나 알려 줄까요?"

"네?"

"마소이 건 말이에요, 얼른 마무리 지으려면 지금쯤 마소이가 반호준의 편지를 봐야 한다고 봐요, 나는."

"그건 서울로 돌아가는 기차 안에서……."

"좀 더 앞당기라고요. 그래야 집에 가기 전에 키스를 하죠."

"네? 키스요? 그건 너무 19금 아니에요?"

"어머, 깜짝이야. 지금이 뭐 20세기도 아니고 키스를 해야 진짜 첫사랑이구나 하죠. 마소이가 얼마나 의심이 많은 성격인데요."

"아무리 생각해도 그건 너무 졸속 같아요."

"졸속? 지애 씨, 지금 졸속이라고 했어요?"

"아, 아니 저는 그냥, 너무 빠르지 않나 싶어서요. 표현이 거슬렸다면 죄송합니다."

"지애 씨는 첫사랑 경험이 없는 게 너무 티가 나요. 절차대로 하면 무리수도 없고 좋긴 하죠. 근데 세상일이 어디 그런가요? 예외도 있고 서프라이즈도 있고 그런 거죠. 일일이 순서 다 지키면서 언제 실적 올리냐고요. 7월도 이제 며칠 안 남았는데!"

"어떤 상황을 만들어 줘야 할지 솔직히 감이 잘 안 잡혀요."

"걱정 마요. 내가 알아서 마무리할 테니까요. 서둘러야겠네요.

교통팀이랑 타임라인팀에 검토 요청도 해야 하니까요."

'뭐야, 졸속 맞잖아. 게다가 거의 다 왔는데 막판에 얌체같이 숟가락을 냅다 얹으시겠다? 어유, 일은 내가 다 하고 칭찬은 자기가 받고. 이놈의 사회생활 더러워서 못 해 먹겠네.'

강지애 씨는 뻔뻔하기 그지없는 고 대리의 등짝을 하염없이 노려보았다.

20
그건 비밀이에요

'일곱 번이나 뽀뽀를 할 줄은 몰랐어. 용기가 정말 대단한걸, 마소이.'

살아생전 단 한 번도 경험해 본 적 없는 낭만적인 광경에 강지애 씨는 두 손을 꼭 모은 채 환희에 찬 표정을 지었다. 커피가 식어 가는 것도 모른 채.

언제 들어왔는지 고 대리가 그 모습을 보고는 껄껄 웃기 시작했다.

"내가 뭐랬어요. 좀 위험하긴 했지만, 차량팀에 지원 요청한 게 신의 한 수였다고요. 지애 씨, 잘 봤죠? 이런 게 노하우예요. 지식과 경험을 바탕으로 한 선배의 알짜 노하우."

자신의 커피를 자연스럽게 가져가 마시는 고 대리에게 강지애 씨는 부아가 났다.

"솔직히 좀 억지스럽긴 했어요. 사실 호준 군은 꾸준한 치료와 운동을 통해 트라우마를 거의 극복했다고요. 그런데 사고도 아닌 기분 나쁜 차 소리에 다시 사고 당시 같은 심각한 이상 증세를 보이도록 했다는 건 좀 과한 설정이 아니었을까요?"

고 대리의 미간에 주름이 잡히기 시작했다.

"억지스럽다고요? 지금 억지스럽다고 했어요?"

"……."

"쳇, 고양이는? 서윤주는? 그건 안 억지스럽고?"

"솔직히 고양이도, 서윤주도 다 대리님한테 사전 컨펌 받고 진행한 건이잖아요."

"난 그냥 지애 씨의 기를 살려 주려고 그럼, 한번 해보든가, 했던 거죠. 그리고 단서를 달았잖아요. 그게 과연 최선인지 한 번 더 신중하게 생각해 보라고."

"네, 네, 알겠습니다. 다 미숙한 제 잘못이죠, 뭐."

나이도 어린 게 사수라고 잘난 척은. 첫사랑 경험 좀 있다고 아무리 인턴이지만 자기보다 두 살이나 많은 누나한테 툭하면 지적질에 훈계질을 해 대다니. 하지만 뭐, 결과가 좋으니까, 김 과장 말대로 과정은 다 묻어 두자고. 게다가 김 과장, 고 대리도 모르게 쓴 트릭은 아무한테도 들키지 않고 잘 넘어갔잖아.

그 트릭이란 호준이 소이의 시절 첫사랑 반환 작전에 동참하게 한 지렛대 같은 것이었다.

'따지고 보면 트릭도 아냐. 마소이의 진심을 필터링 없이 쓱 보여 주고 얼른 사라지게 한 것에 불과하지. 내가 아무리 첫사랑 무경력자라고 해도 알 건 다 안다고. 더구나 결국 멋지게 성공했잖아? 그래도 절대 발설해선 안 돼. 잘못하다간 개인 정보 무단 유출로 고소당할 수도 있으니까.'

— 그건 그렇고, 내가 쓴 문구라니 무슨 글을 말하는 걸까. 시절 첫사랑 얘기 중에 등장하는 반호준은 대부분 방해꾼 정도로 묘사돼 있을 텐데. 나도 모르게 뭘 끄적여 놓은 게 있었나? 전혀 기억에 없는데.

소이가 그렇게도 궁금해하던 문구는 바로 이것이었다.

— 내 운명의 찐 첫사랑은 아릿하고 몽글하고 또 늘 곁에서 날 바라봐 주는 그런 다정한 애였으면 좋겠어. 근데 뭐야, 쓰고 보니 이거 반호준 같잖아. 반호준?

생각에 잠겨 있던 강지애 씨는 고 대리의 말에 정신을 차렸다.
"그래도 뭐, 지애 씨를 살려 준 반호준한테 그토록 원하던 첫사랑 마소이를 딱 맺어 줬으니까 이보다 더 좋을 순 없죠. 게다가 10대 첫사랑 중 스파크&지속성 지수도 95퍼센트로 역대급이라 아마 이번엔 인턴 딱지 시원하게 뗄 것 같네요."
상사들 몰래 사용한 트릭 때문에 마음 한구석이 무거웠던 강지애 씨의 얼굴이 금세 환해졌다.

"저, 정말요? 저 그럼 이제 정직원 되는 거예요?"

"부장님이 엄청 좋아했대요. 그럼 말 다 했죠, 뭐."

"감사합니다, 선배님. 정말 감사해요. 다 선배님 덕분이에요."

고 대리가 하회탈처럼 웃으며 손사래를 쳤다.

"됐고요, 밥이나 사요. 오늘 헤븐 카페테리아 특식이 첫사랑 스테이크라던데요."

"첫사랑 스테이크요?"

"네. 첫사랑처럼 입안에서 살살 녹는다고 하던걸요."

스파크&지속성 지수 95퍼센트라면 결혼까지 이르는 건가? 보통 첫사랑들은 평균 58퍼센트라 이루어지지는 않고 내내 아련하기만 하다던데. 아무튼 너무 잘됐어. 은혜를 확실히 갚을 수 있게 됐잖아.

'호준 군, 내게 가족들과 이별할 수 있는 시간을 주어 고마웠어요. 호준 군이 신고하지 않고 그대로 달아나 버렸다면 난 아마 혼자 쓸쓸히 죽어 갔을 거예요. 비록 중환자실에 누워 있긴 했지만 석 달 동안 가족과 친구들이 날 보러 와 줘서 기뻤어요. 덕분에 마지막 인사도 나눌 수 있었죠. 10년 전에 볼리비아로 이민 간 언니까지 만났지 뭐예요. 비록 동영상이었지만 그토록 가 보고 싶었던 우유니 사막 풍경도 볼 수 있었고요. 부디, 소이 양과 함께 행복한 첫사랑 시절 보내기를 바랄게요. 이제 두 사람은 첫사랑 팔로업팀

으로 이관될 거예요. 안녕, 잘 가요!'

또다시 상념에 빠져 있는데, 고 대리가 강지애 씨의 팔을 잡아 흔들며 또 폭풍 같은 잔소리를 퍼부어 댔다.

"얼른 가자니까요. 안 그러면 못 먹어요. 줄이 얼마나 긴데. 첫사랑은 못 해 봤어도 첫사랑 스테이크는 먹어 봐야 할 거 아니에요. 아시다시피 난 경력자라고요. 자기 위해서 고른 메뉴인 줄도 모르고 꾸물대기는!"

귀가 좀 따갑긴 했지만, 이상하게도 더 이상 고 대리의 잔소리가 얄밉게 느껴지지 않았다. 오히려 자신을 위해 주는 듯 다정하게 들리기까지 했다. '뭐지?' 하는 기분으로 흘낏 시선을 돌리니 흠칫 놀란 고 대리의 움찔거림이 강지애 씨의 두 눈에 포착됐다.

"아, 알겠어요."

강지애 씨는 재빨리 두 눈을 여러 번 깜빡이는 것으로 생소한 감정을 겨우 털어 냈지만, 목소리의 미세한 떨림까지는 어쩌지 못했다. 고 대리도 헛기침을 크게 했다. 자신도 예상치 못한 무언가가 목에 콱 걸리기라도 한 것처럼.

"그나저나 지애 씨, 한 가지 물어볼 게 있는데, 반호준 군과 마소이 양 초등학교 4학년 때 사건 말이에요. 그걸 마소이 양 기억에서 지워 달라며 원초아팀 프로이트 팀장한테 협조문까지 보냈잖아요. 대체 왜 그런 거예요?"

"그거요? 그건 비밀이에요."

'그건 제 은인 호준 군이 간절히 원한 거라서요. 하하.'

　겨우 감정을 추스른 강지애 씨가 배시시 웃었다. 그 모습이 귀여워 고 대리도 입을 꼭 다문 채 광대가 솟도록 씨익 미소 지었다.

21
에필로그

나는 4학년 1반, 소이는 2반이었다. 우리 둘이 사귄다는 헛소문이 아주 드물게 돌긴 했지만, 적어도 난 개의치 않았다.

"오늘 학원 가기 너무 싫다."

초등학교 4학년인데 벌써 영수학원이라니. 원래는 나만 다녔는데 소이 할머니 등쌀에 소이도 끼게 됐다. 나로선 엄청 기쁜 일이었지만.

"그럼 빠질까?"

순진한 마소이 같으니라고. 하나도 아닌 둘씩이나 빠졌다간 할머니들끼리 서로 말다툼을 할 수도 있다고.

"됐고. 30분 정도 시간 남았으니까 악수바위에 가서 과자나 먹자. 과자가 두 개 있거든."

나는 소이의 손을 잡아끌고 악수바위 쪽으로 걸음을 옮겼다. 얼마 전 소이가 먼저 아무렇지도 않게 내 손을 쥐고 흔들어 버린 일

생일대의 사건 이후로 우린 종종 이렇게 손을 잡고 다녔다.

앗, 그런데 10여 미터 전방, 주차장 증축 공사장 가림막 아래 누군가 있었다. 그것도 둘씩이나. 자세히 보니 대학생 정도 돼 보이는 여자와 남자였다. 분위기가 영 심상치 않았다. 어린 내가 봐도 그건 달콤한 로맨스가 아니라 영락없는 호러였다.

나는 소이를 데리고 악수바위 뒤로 숨었다. 그러고는 그 애의 팔을 세게 움켜잡았다. 움직이지도 말고 소리도 내지 말라는 무언의 신호였다.

"죽을래?"

건장한 20대 남자가 위협적으로 소리를 지르며 긴 머리 누나의 목을 졸랐다. 그 누나는 소리도 지르지 못하고 눈물만 뚝뚝 흘리고 있었다. 소이는 내 옷자락을 부여잡은 채 파랗게 질려 가고 있었다.

"야, 대답 안 해? 내가 묻잖아. 내가 우습냐고!"

급기야 소이의 팔뚝에 깨를 뿌려 놓은 듯 소름이 돋기 시작했다. 소이의 할머니 말씀에 따르면, 소이는 너무 좋거나 대단히 충격적이거나 갑자기 놀라면 온몸에 소름이 돋는다고 했다. 팔부터 시작해 허벅지, 등까지 죄다. "그럴 땐 호준이 네가 토닥토닥 해 줘야 해. 일종의 딸꾹질 같은 거니까." 소이 할머니는 그렇게 내게 소이를 부탁했다.

소이는 지금 큰 충격을 받은 게 분명했다. 하긴 나도 이렇게 손이 달달 떨리는데 같은 여자인 소이는 더하겠지. 내가, 이 반호준이 지켜 줘야 해.

"씨발, 남자한테 꼬리나 치고 다니고. 너 같은 건 맞아야 해."

건장한 남자의 막말은 그 강도가 점점 더 세졌다.

"어떡해. 저기 저 아저씨, 아줌마 일부러 돌아가는 것 같아."

소이 말대로 지나가던 아저씨와 아주머니 두 분이 뒷걸음질을 치며 멀리 돌아가는 게 보였다.

남자는 급기야 여자의 복부를 발길로 걷어차는 시늉을 해 보였다. 여자가 소리도 못 지른 채 움찔하자 재밌다는 듯 킬킬거렸다.

"호, 호준아, 저 언니 죽을 것 같아. 얼른 신고하자. 얼른."

소이가 최대한 작은 목소리로 내 귀에 대고 속삭였다.

"가만, 기다려 봐. 신고부터 했다간 저 누나가 더 위험해질 수도 있어. 티브이도 못 봤냐."

"그럼 어떡해?"

"먼저 증거부터 수집하자. 저 쓰레기가 누나한테 데이트 폭력을 가했다는 증거 말이야."

그때까지만 해도 나는 소이와 달리 침착했다. 조심조심 휴대폰 카메라를 키고 문제의 장면을 촬영할 정도로. 그사이 누나는 복부를 걷어차인 것도 모자라 고꾸라진 채 등까지 밟혔다. 충분히 증거를 모았다고 판단이 되자 나는 휴대폰을 악수바위 옆 나뭇잎 더미 아래 잘 숨겼다. 그리고 나서 고개를 돌려 쳐다보니 소이는 식은땀까지 흘리고 있었다. 나는 더 이상 미룰 수 없다고 생각했다.

"내가 뛰어가면 넌 바로 경찰에 신고해. 데이트 폭력 말고 내 친구가 위험하다고."

소이는 잠시 뭔 소리지 싶어 당황했지만 내가 얼른 전화를 걸라는 제스처를 취하자 이내 알아듣고는 떨리는 손가락으로 단축번호 5번을 눌렀다. 동네 파출소 긴급 출동 번호였다.

전화가 연결된 것을 확인한 뒤 나는 주먹을 불끈 쥔 채 남자를 향해 코뿔소처럼 달려갔다.

"왜 사람을 때려요? 그것도 자기보다 약한 사람을!"

나는 남자를 향해 고래고래 소리를 질렀다.

"뭐야, 이 애송이는. 저리 안 가?"

남자는 여자의 팔을 단단히 그러쥔 채 나를 노려봤다.

"왜 때리냐고요. 뭘 잘못했다고!"

"아, 씨발, 오늘 일진이 왜 이러나. 동네 파리 새끼까지 날 자극하네."

남자가 험악한 욕지거리를 내뱉으며 누나의 팔을 억지로 잡아끌기 시작했다. 귀찮게 됐으니 얼른 자리를 옮겨야겠군, 하는 치졸한 표정이었다.

"안 돼!"

내가 반사적으로 남자의 앞을 가로막았다. 경찰에 신고까지 했는데 나쁜 놈을 그냥 보내 줄 순 없었다. 누나는 얼마나 겁에 질렸는지 얼굴이 하얗다 못해 새파랬다. 소이 역시 마찬가지일 터였다.

남자가 나를 밀치려 하자 얼른 주저앉아 그의 다리 한쪽을 내 두 팔로 감았다. 쿵쿵쿵, 다리에 붙은 벌레라도 떼어 내듯 남자가 발을 세게 굴렀다. 그 바람에 마른 흙가루가 내 눈에 튀었다.

"아, 흙! 엄마, 엄마!"

흙가루가 도화선이 되어 나는 참고 있던 울음이 폭발하듯 터져 버렸다. 창피하지만 어쩔 수가 없었다. 그 와중에도 이대로 도망가고 싶다는 마음과 이 나쁜 놈을 절대 놔줘선 안 된다는 마음이 앞다투어 튀어 올랐다.

그 순간, 발만 동동 구르던 소이가 두 주먹을 불끈 쥐고는 이쪽을 향해 다다다다 달려오는 게 보였다. 나는 내 눈을 의심했다. 여전히 주먹을 말아 쥔 채 남자 앞에 선 소이의 눈에선 백만 볼트짜리 레이저가 발사됐다.

"씨발, 이건 또 뭐야. 동네 거지 발싸개들이 다 모였네. 얼른 안 꺼져?"

남자가 다시 한번 세게 발을 털자 간신히 붙어 있던 내 몸이 출렁거렸다. 그러자 소이가 큰 소리로 외쳤다.

"내 친구 건드리지 마, 이 미친놈아! 내 친구 때리지 말라고!"

소이가 남자의 손을 세게 깨물었다. 남자가 아픔을 참지 못하고 소이의 머리채를 움켜잡자 유령처럼 서 있던 누나가 그만 픽 하고 쓰러졌다. 너무나 무섭고 절박한 그때 마침맞게 경찰차가 도착했다. 그리고 그 순간 난, 이 반호준은 할친손 마소이에게 사랑과 정열과 충성을 맹세했다.

경찰은 20대 남자가 어린이 둘을 폭행한 장면을 고스란히 보았다고 했다. 게다가 나뭇잎 더미 속에 숨겨 둔 데이트 폭력 영상까지 있으니 증거는 충분했다. 하지만 흙투성이, 눈물범벅이 된 이 반호준의 마음속에 하트가 출렁이는 건 아무도 보지 못했다. 그렇게 마소이는 나의 첫사랑이 됐다.

작가의 말

여러분에게 첫사랑은 어떤 의미인가요.

이 소설 속 주인공 소이는 평생 잊을 수 없을 것 같은 첫사랑을 여섯 번이나 경험했습니다. 잊지 못하는 이유는 바로 완결되지 못한 미완성의 사랑인 데다, 제각각 다른 빛깔의 첫 의미를 심어 주었기 때문입니다. 전자를 자이가르니크 효과, 후자를 초두 효과라고 부르죠. 둘 다 대표적인 첫사랑 증상입니다. 그래서 소이는 그 모든 사랑에 '시절 첫사랑'이란 이름을 붙여 준 뒤 비밀 노트에 차곡차곡 담아 간직하기로 합니다. 어느 것 하나 함부로 버릴 수 없는, 귀한 성장판 같은 감정이었으니까요.

그렇게 머릿속을 뿌옇게 만들고, 심장을 할퀴고, 무리에 섞여 있어도 외롭게 하고, 다디단 잠을 빼앗고, 미친 사람처럼 혼자 웃게도 하고, 부끄럽게 하기도 하고, 아프게 하기도 하고, 온몸에 오소소 소름이 돋게도 하는, 낯설지만 결코 싫지 않은 첫사랑의 감각들을 인지하면서 고1 소녀 소이는 조금씩 성장합니다.

소극적인 소이에서 용기 있는 소이로, 자신의 감정에 믿음이 없던 소이에서 확신을 찾아가는 씩씩한 소이로, 소통을 몰랐던 소이에서 상대방을 보듬고 배려하는 소이로요.

트라우마를 겪은 열일곱 살 소년 호준 역시 소이의 시절 첫사랑들을 통해 사랑이라는 존재의 힘을 새삼 깨닫습니다. 그 존재의 힘은 홀로 아파하던 호준을 세상 밖으로 이끌어 기적처럼 '러너스 하이'에 닿을 수 있도록 하죠.

둘은 그렇게 지금-여기, 이 순간을 함께하는 마지막 시절 첫사랑이 되고자 숨을 고릅니다. 서로를 아끼고 배려하며 쌍방향의 소통을 이어가는 진짜 사랑으로 거듭나기 위해서요. 설사 소이의 일곱 번째 첫사랑이 미완의 것으로 남는다 해도 더는 슬프지 않을 것 같습니다. 둘은 이미 비 온 뒤의 풀꽃처럼 한 뼘은 더 성숙해졌을 테니까요.

덧붙이고 싶은 말은 불량식품 같은 유사 사랑에 주의하라는 거예요. 아무리 사랑이라는 이름으로 불린다고 해도 소통하지 않는 일방적인 사랑은 폭력이니까요. 데이트 폭력에 관한 에필로그는 제가 지하철역에서 본 일을 토대로 해 쓴 것입니다. 그리고 은혜를 갚기 위해 스스로 사랑의 메신저가 된 강지애 씨 이야기는 글의 재미를 위해 설정한 것인데, 개인적으로 가장 마음에 드는 부분입니다. 첫사랑은 우연과 판타지를 오가는, 일종의 마법 같은 것이기도 하니까요.

마지막으로 이 책이 멋진 옷을 입고 세상에 나올 수 있게 도와주신 폭스코너 대표님과 편집장님께 고마움을 전합니다. 그리고 저를 항상 응원해 주시는 지인분들, 무엇보다도 이 책을 재밌게 읽어주신 독자님들께 진심으로 감사의 인사를 드립니다. 고맙습니다. 열심히 쓰겠습니다.

2024년 여름
장이랑

일곱 번째 첫사랑

1판 1쇄 2024년 7월 5일
1판 2쇄 2024년 10월 31일

지은이 장이랑 | 펴낸이 윤혜준 | 편집장 구본근 | 디자인 오필민디자인

펴낸곳 도서출판 폭스코너 | 출판등록 제2018-000115호(2015년 3월 11일)
주소 서울시 마포구 대흥로 6길 23 3층 (우 04162)
전화 02-3291-3397 | 팩스 02-3291-3338
이메일 foxcorner15@naver.com
페이스북 www.facebook.com/foxcorner15
인스타그램 www.instargram.com/foxcorner15

종이 일문지업(주) | 인쇄·제본 수이북스

ISBN 979-11-93034-18-7 43810